이 멋진 세계에
폭염을!
메구밍 이프

융융
큰일 났네.
또 커졌으니까
분명 질 거야…….
아루에
메구밍

호스트
질렸어!
……부탁드립니다,
코멧코 양!
코멧코

내 이름은 도돈코,
홍마족 제일의……!
제일의…….
뭐였더라…….
내 이름은 후니후라.
홍마족 제일의 남동생 애호가이자,
브라콤이라 불리는 자!
……브라콤…….

이 멋진 세계에 폭염을!

메구밍 이편

아카츠키 나츠메 지음

미시마 쿠로네 일러스트

이승원 옮김

관심이 가는 그 마을에 관한 정보 전격 공개!! **제 1**

『홍마의 마을』 불멸목(이터널가이

문장 및 사진

관광시설 안내

마왕도 두려워하는 우리 홍마의 마을에는 멋진 관광명소가 잔뜩 있어.
오는 도중에 강한 마물에게 공격받을 수도 있으니 조심해서 와.

▶소원의 샘

도끼를 바치면 금은을 관장하는 여신을 소환할 수 있고, 코인을 던지면 소원이 이뤄지는 성스러운 샘.

▶성검이 꽂힌 바위

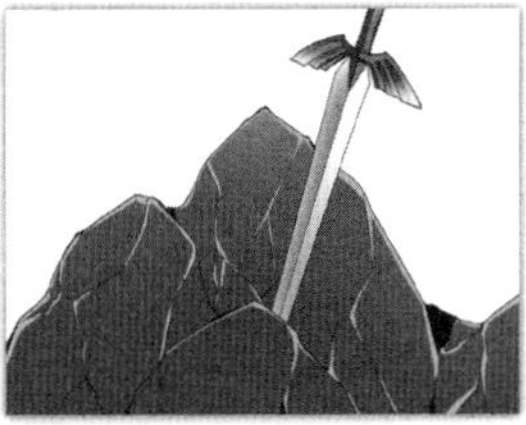

뽑은 자에
력한 힘이
진다고 전
는 전설의
꽂힌 바위.

▶대중목욕탕『혼욕 온천』

관리인이 크리에이트 워터로 물을 만든 후 파이어볼을 쏴서 그 물을 데우는 다이내믹한 목욕탕.

▶카페『데들리 포이즌』

가게 명칭
아니라 맛
품. 무기점『
린 킬러』를
해, 이 마을
마니악한
많은 가게
뜩 있다.

이곳을 주목!

홍마의 마을에는 아크 위저드 영재교육기관이 존재해. 거기서 공부 중인 미래의 아크 위저드를 소개할게. 어쩌면 마왕을 쓰러뜨릴 천재가 이 안에 있을지도 몰라.

홍마의 마을에 있는 학교의 자리 순서

후니후라	학생C	학생B	학생A	융융	메구밍
네리마키	도돈코	사키베리	카이카이	아루에	
		풋칭 (교단)			

복도 / 출입구

『홍마족 제일의 천재』 학생을 전격 인터뷰!

그래요.
제가『홍마족 제일의 천재』예요.
제 목표는『최강』. 보잘 것 없는 상급 마법 따위 관심 없어요.

모든 것을 내다보는 전망대
『바닐밀드』
성스러운 산봉우리 『드래곤즈 피크』
마신의 언덕
양식장
여신이
봉인된 땅
지하
격납고
사신의 무덤
정체불명의 거대시설
소원의 샘
성검이 꽂힌 바위
고양이귀 신사
학교
붓코로리의 집
마력 공급 시설
메구밍의 집
농업 구역
대중목욕탕
『혼욕 온천』
족장의 집
상업 구역
촌락
그리폰 조각상
몬스터
박물관
무기점 및 카페

이 멋진 세계에 폭염을!

메구밍의 편

CONTENTS

프롤로그

"『익스플로전』!"

후드를 깊이 눌러쓴 사람이 낮은 목소리로 마법을 영창했다.

그 차분한 목소리와는 달리, 그 사람이 펼친 마법의 위력은 엄청났다.

굉음이 공기를 뒤흔들었고 열기를 머금은 돌풍이 불었다.

나를 쫓던 검고 거대한 짐승은 그 마법 한 방에 나가떨어지고 말았다.

방대한 마력이 담긴 마법의 영향은 그것으로 끝이 아니었다. 내 신성한 놀이터는 완전히 파괴되었으며 모처럼 찾아낸 장난감도 어딘가로 날아가 버렸다.

모든 것을 쓸어버릴 만큼 압도적인 힘.

다른 그 어떤 마법으로도 자아낼 수 없는 파괴력.

단 한 명의 마법사가 마법 한 방으로 이렇게 엄청난 파괴를 자행한 것이다.

방금 그 마법은 뭘까.

우리 마을의 어른들도 이런 엄청난 마법을 쓴 적은 없었다.

후드를 쓴 사람은 망연자실하게 서있는 나에게 다가오더니…….

"괜찮니? 다친 데는 없어?"

후드를 쓴 사람은 몸을 숙이더니 내 얼굴을 쳐다보았다.

촌스러운 로브로 몸을 숨긴 그 사람이 상체를 숙이자, 커다란 가슴이 깊은 골짜기를 만들었다.

……우와.

아까 그 마법도 엄청났지만 이건 더 엄청나!

"어떻게 하면 언니처럼 될 수 있어요?"

고맙다는 말보다도 그 말이 먼저 입에서 나왔다.

요즘 들어 엄마에게 들었던 말이 머릿속에서 뿌리박힌 것처럼 사라지지 않았다.

「우리 가문 여자들은 대대로 체형이 조신했으니까, 너도 일찌감치 포기하렴」이라는 대사가 말이다.

나는 포기하지 않을 것이다.

최후의 순간까지 절대 포기하지 않을 것이다.

그런 마음을 품으며 주먹을 힘껏 말아 쥔 내가 후드를 쓰고 있는 사람의 엄청난 부분을 뚫어져라 쳐다보자…….

그 사람이 나를 쳐다보면서 후후 하고 웃은 느낌이 들었다.

메구밍이에요.

꼬마 아가씨, 이름이 뭐니?

………….

잠시 동안 침묵한 후 언니는 머뭇거리면서 물었다.

"……별명이야?"

"본명이에요."

또 한 번 침묵에 잠긴 후에야 정신을 차린 언니는 입을 열었다.

"음, 어떻게 하면 나처럼 될 수 있냐고 물었지? 음……. 많이 먹고 열심히 공부해서 대마법사가 된다면, 분명……."

대마법사가 되면 글래머가 될 수 있다.

대마법사가 되면 글래머가 될 수 있다!

"그래, 대마법사가 되면 언젠가는 방금 그 마법을 쓸 수 있을 거야. 그래도 이 마법은 추천하고 싶지 않네."

후드를 쓴 사람이 뭐라고 말했지만, 머릿속이 대마법사가 되자는 생각으로 가득 찬 나는 그 말이 귀에 들어오지 않았다.

"그건 그렇고……."

후드를 쓴 사람은 대마법사, 대마법사하고 중얼거리는 내 머리에 손을 얹더니 주위를 둘러보았다.

"저기, 꼬마 아가씨. 혹시 방금 이 근처에 너 말고 다른 사람은 없었니? 저 무덤의 봉인을 푼 사람이 있었을 텐데……. 봉인의 파편이 여기 있는 걸 보면 자연적으로 풀린 건 아닐 텐데……."

후드를 쓴 사람은 고개를 갸웃거리면서 발치에 떨어져 있는 내 장난감을 주웠다.

"아직 멀리 못 갔을 텐데, 대체 누가 나를 해방시켜준 걸까? ……하긴 꼬마 아가씨가 알 리가 없지."

후드를 쓴 사람은 그렇게 말한 후 마법으로 만들어낸 거대한 구덩이의 한가운데를 향해 걸어갔다.

그곳에서는 빈사 상태인 검은 짐승이 거친 숨을 내쉬고 있었다.

후드를 쓴 사람은 그 검은 짐승의 머리에 손을 얹더니…….

"잠시만 더 잠들어 있으렴, 내 반신(半身)아. 네가 깨어나기에는 이 세상이 너무 평화로워……."

후드를 쓴 사람이 그렇게 말한 순간 그녀의 손이 짐승으로부터 무언가를 빨아들이듯 반짝였다.

그에 맞춰 거대하기 그지없던 짐승이 점점 작아지기 시작했다.

이윽고 새끼 고양이만한 크기가 된 그 짐승은 몸이 흐릿해지더니 곧 사라졌다.

"자, 그럼 나는……. 어머? 꼬마 아가씨, 뭘 하고 있는 거야?"

후드를 쓴 사람은 지면에 떨어진 장난감을 주워 모으고 있는 나를 쳐다보았다.

"장난감을 줍고 있어요. 집이 가난해서 가지고 놀 거라고는 이것밖에 없거든요."

"뭐? 저기, 그건 장난감이 아니란다. 무시무시한 사신(邪神)을 봉인하고 있는 소중한 파편이야. …………어머?"

주운 파편을 퍼즐처럼 끼워 맞추던 나는 파편이 부족하다는 사실을 깨달았다.

파편이 세 개나 부족했다.

"언니의 마법 때문에 파편 세 개가 어딘가로 날아가 버렸어요. 함께 찾아주지 않겠어요?"

"자, 자, 잠깐만! 말도 안 돼! 이렇게 간단히 파편을 맞출 수 있을 리가 없어! 현자급의 어른이라도 쉽게 맞출 수 없을 텐데, 대체 뭐가 어떻게 된 거야……."

후드를 쓴 사람은 턱에 손을 댄 채 고민에 잠겼다.

"저기, 꼬마 아가씨. 너는 언제부터 이 봉인된 땅에 들어온 거니? 마을 어른들이 이곳에 오면 안 된다고 말하지 않았어?"

"『들어가면 안 된다』, 『여기에는 아무 것도 없다』, 『다가가면 안 된다』 같은 소리를 하는 장소에는 보통 보물이 숨겨져 있는 법이라고 엄마가 말했어요. 그래서 매일 여기에 왔어요."

"뭐, 뭐어……?!"

후드를 쓴 사람은 표정을 딱딱하게 굳히면서 경악했다.

이윽고 내 옆에 선 그 사람은 내 머리에 손을 얹었다.

"잘은 모르겠지만 아무래도 내가 꼬마 아가씨에게 고마워해야 할 상황인 것 같네. 저기, 꼬마 아가씨. 소원 같은 건 없어? 나는 이래봬도 엄청난 힘을 지닌 수수께끼의 대마법사야. 꼬마 아가씨의 소원을 딱 하나만 이뤄줄게."

"소원?"

"그래, 소원. 사양하지 말고 말해 봐. 그 어떤 소원이든……."

"세계 정복."

"……미, 미안해. 그건 무리야. 아무래도 이 애, 의외로 거물인 것 같네. 으음, 다른 소원은 없니?"

깊이 눌러쓴 후드 아래로 보이는 입가가 살짝 굳어 있었다.

"그러면 저를 글래머로 만들어 주세요."

"그, 그것도 무리일 것 같아. 그리고 꼬마 아가씨가 몇 살인지는 모르겠지만, 아직 그런 걱정을 할 나이는 아닌 것 같은데?"

아무래도 그것 또한 무리였나 보다.

그렇다면…….

"저를 마왕으로 만들어 주세요."

"미, 미안하지만 아까 했던 말을 정정할게. 거물인 너에 비하자면 이 언니는 대단한 힘을 지니지 못한 고만고만한 마법사야. 그래서 고만고만한 소원만 들어줄 수 있어."

후드를 쓴 사람은 식은땀 한 방울을 흘리면서 사과했다.
나는 들고 있던 파편을 보여주면서 말했다.
"……그럼 사라진 제 장난감 파편 세 개를 찾아 주세요."
"잠깐만! 그것보다도 더 대단한 소원을 들어줄 수 있어! 그, 그리고 그 파편을 장난감 삼으면 안 돼! 아까 그 검은 녀석은 어디까지나 다시 봉인되었을 뿐이야! 앞으로는 여기에 오면 안 된다구! 그것보다 다른 건 없니? 좀 더 대단한 소원 말이야……!"
후드를 쓴 사람은 표정을 굳히더니, 몸을 숙여 나와 눈높이를 맞췄다.
……조금 더 대단한 소원. 소원…….
그렇다면—.

"아까 그 마법, 저한테 가르쳐 주세요."

제1장
붉은 눈동자를 지닌 마법사(위저즈)들

1

—나에게 있어 평소와 다름없는 아침 광경이 눈앞에서 펼쳐지고 있다.

담임교사가 출석부를 한 손에 든 채 이름을 불렀다.

"출석을 부르겠다. ……아루에! 카이카이! 사키베리~!"

담임이 이름을 부르자 학생들이 차례차례 대답했다.

대답하는 학생들은 전부 여자다.

이 학교에서는 남녀 반이 나눠져 있었다.

이 반의 학생은 열한 명밖에 되지 않았기에, 금세 내 차례가 되었다.

"메구밍!"

"예."

마지막으로 이름을 불린 내가 대답하자, 내 대답을 들은 담임이 만족스러운 표정으로 고개를 끄덕였다.

"음, 전부 다 왔군. 그럼……."

"서, 선생님!"

담임이 출석부를 덮으려 하자, 내 옆에 앉은 애가 울상을 지으면서 손을 들었다.

"제 이름을 아직 부르지 않으셨는데요……."

"음? 아아, 미안하다! 그러고 보니 한 명만 다음 페이지에 있었지. 정말 미안하구나! 그럼…… 융융!"

"아, 예!"

세미 롱 정도 되는 머리카락을 리본으로 묶은 우등생 같은 여자애는 담임이 자신의 이름을 부르자 얼굴을 살짝 붉히면서 대답했다.

—이곳은 홍마의 마을이라 불리는 홍마족의 촌락에 있는 조그마한 학교다.

이 마을 아이들은 어느 정도 나이가 차면 이 학교에서 일반적인 지식을 익힌다. 그리고 열두 살이 되면 《아크 위저드》라고 불리는 마법사의 상위 직업이 되어 마법 수행을 시작한다.

태어날 때부터 높은 지력과 마력을 지닌 홍마족은 마법을 습득할 때까지 학교에서 수행을 한다.

그리고 마법을 익힌 이는 학교를 졸업한다.

즉, 이 교실에 있는 학생들 중에는 마법을 쓸 수 있는 이가 단 한 명도 없었다.

이곳에 있는 학생들은 다들 자신이 사용하고 싶은 마법을 습득하기 위해 밤낮으로 《스킬 포인트》라는 것을 모은다.

익히고 싶은 마법에 따라 필요한 스킬 포인트가 다르다.

강력한 마법일수록 습득에 필요한 스킬 포인트도 많은 것이다.

그리고 이곳에 있는 아이들이 익히려 하는 마법은 이미

정해져 있다.

상급 마법.

강력한 마법을 쓸 수 있게 되는 그 스킬은 마법사라면 누구나 익히고 싶어 한다.

홍마의 마을에서는 그 스킬을 익히면 어엿한 홍마족으로 인정받지만…….

"그럼 시험 결과를 발표하겠다. 3위 안에 든 사람에게는 평소와 마찬가지로 《스킬업 포션》을 줄 테니 받으러 나오도록. 그럼 우선 3위부터! 아루에!"

나른해 보이는 반 친구가 포션을 받으러 나가는 모습을 힐끔 쳐다본 후 나는 창밖을 멍하니 쳐다보았다.

"2위, 융융! 역시 족장의 딸이구나! 잘했다! 다음 시험 때도 열심히 하도록."

"아, 예!"

옆을 바라보니 융융이 얼굴을 붉힌 채 자리에서 일어나고 있었다.

스킬 포인트를 늘리기 위해서는 몬스터를 쓰러뜨리고 경험을 쌓아 레벨을 올리거나, 스킬 포인트를 올려주는 희소한 포션을 마시는 수밖에 없다.

그렇기 때문에 한시라도 빨리 상급 마법을 익히고 싶은 자는 이 포션을 얻기 위해 필사적이었다.

"그럼……. 1위, 메구밍!"

이름을 불린 나는 포션을 받기 위해 자리에서 일어났다.

옆에 있는 융융은 분해 죽겠다는 표정을 지으면서 나를 쳐다보고 있었다.

"1등은 역시 메구밍이구나! 잘했다! 하지만 이제 상급 마법을 익힐 정도의 스킬 포인트가 모였을 텐데 말이야. ……뭐, 좋다. 앞으로도 최선을 다하도록!"

포션을 받은 나는 자리로 돌아온 후 또 창밖을 쳐다보았다.

2층 교실의 창문을 통해서 마을 밖을 볼 수 있었다.

어릴 적에 만났던 이름 모를 그 사람은 지금도 활기차게 여행을 하고 있을까.

담임이 다른 학생들을 격려하는 사이, 나는 품속에 넣어둔 카드를 꺼내보았다.

모험가 카드라고 불리는 그 카드의 직업란에는 아크 위저드라고 적혀 있었다.

레벨은 1.

그 아래에 있는 스킬 포인트 란에는 45라고 적혀 있다.

그리고 습득 가능 스킬이라고 적힌 란에는 《상급 마법》 습득 스킬 포인트 30이라는 문자가 빛나고 있었다.

"다른 사람들도 메구밍을 본받아 한시라도 빨리 상급 마법을 익힐 수 있게 최선을 다하도록! 그럼 수업을 시작하겠다!"

담임의 목소리를 흘려들으면서 카드의 스킬 란에 검은 글자로 표시된…… 《폭렬마법》 습득 가능 스킬 포인트 50이라고 적힌 부분을 손가락으로 만졌다.

상급 마법을 익히면 어엿한 홍마족으로 인정받지만 내가 익히고 싶은 마법은 그것이 아니다.

로브를 걸쳤던 그 사람이 사용했던 궁극의 파괴마법은 지금도 내 뇌리에 새겨져 있다.

폭렬마법을 반드시 익히고 싶다.

그리고 언젠가 로브 차림의 그 사람에게 내 마법을 보여주고 말겠다—.

2

1교시 수업이 끝난 후 쉬는 시간이 되자 누군가가 내 책상을 소리 나게 내려쳤다.

"메구밍! 알고 있지?"

나에게 말을 건 사람은 옆자리의 융융이었다.

그녀는 홍마족 족장의 딸이자 문무를 겸비한 우수한 반장이다.

"좋아요. 그런데 오늘 제 아침은 뭐죠? 뱃가죽이 등에 붙을 것 같아요."

"그, 그래? 오늘 아침은 내가 정성을 다해 만든…… 무, 무슨 소리를 하는 거야! 왜 내가 질 거라는 전제하에서 이야기하는 건데?! 오, 오늘은 절대 안 질 거야! 오늘이야말로 족장의 딸답게 반드시 이기고 말 거라구!"

그리고 나를 위해 매일 도시락을 만들어오는 자칭 라이벌이다.

융융은 그렇게 선언하고 자신의 도시락을 내 책상에 올려놓았다.

나는 아까 손에 넣은 포션을 책상에 올려놓았다.

"그럼 이번에도 승부 방식은 제가 정하겠어요. 당신은 족장의 딸이니 핸디캡이 있어야 공평할 테니까요. 게다가 이 희소한 포션과 도시락의 가치는 하늘과 땅만큼 차이가 나잖아요."

"아, 알았어. 이번에도 메구밍이 승부 방식을 정해!"

정말 쉬운 여자애라니깐.

"그럼 승부 방식은 다음 발육 측정 때 어느 쪽이 더 콤팩트하고 자연 환경에 상냥한 여자인지로……."

"야, 약았어! 그러면 나는 절대 메구밍에게 이길 수 없잖아!"

뭐……!

"제가 꺼낸 말이지만 당신이 자신만만하게 그딴 소리를 하니 좀 화가 나네요! 우리는 동갑이니까 크게 차이가 날리 없잖아요! 당신 대체 얼마나 자의식 과잉인 거예요?!"

"아, 아야야! 그만해! 승부 방식은 발육 측정인데 왜 때리는 거야?! 그리고 너는 이렇게 혈기왕성하니까 체육 수업으로 승부를 내면 되겠네!"

내가 융융을 계속 때리고 있는 사이, 다른 애들이 양호실을 향해 이동했다.

걱정할 필요는 없다. 어릴 때 들었던 대마법사가 되면 글래머가 될 수 있다는 이야기는 오랫동안 조사해본 결과, 완전히 틀린 말은 아니었다.

활발한 마력 순환이 혈액 순환을 좋게 해서 발육을 촉진시키는 것인지, 이 마을의 실력파 마법사들은 하나같이 가슴이 컸다.

그렇다면 현재 반에서 가장 뛰어난 성적을 자랑하는 내가 글래머가 되는 날도 멀지 않았으리라.

내가 그런 생각을 하면서 양호실로 향하고 있을 때 융융이 헐레벌떡 따라왔다.

"저기, 메구밍! 그렇게 자신이 넘치면 가슴이 더 큰 사람이 이기는 걸로 하면 되지 않아? 앗, 먼저 가지 마……!"

양호실에 가보니 이미 측정이 시작되었다.

나는 여자들만 있는 우리 반에서 키가 가장 작았다.

하지만 이것은 영양 문제라고 생각한다.

우리 집은 특수한 감성의 마도구 장인인 아버지 덕분에 항상 가난했다.

끼니를 거르기 일쑤인 생활이 내 발육에 영향을 주고 있을 것이다.

"어머, 아루에 양은 또 커졌네. 반에서 가장 큰 거 아냐? 자, 다음은……. 메구밍 양이네. ……음, 매번 하는 말이지만 발돋움을 하거나 가슴을 쫙 펴도 의미가 없단다. 계측마법을 쓰니까 그렇게 숨을 들이 마시고 있어봤자 수치에는 아무런 영향도 주지 못해."

나는 저항을 해봤지만 양호실 선생님은 마법으로 정확한 수치를 알아냈다.

"으음…… 저기, 메구밍 양은 키가 아주 조금 컸네. 그럼 다음 차례는 융융 양이야."

"큰일 났네. 또 커졌으니까 분명 질 거야……. 앗, 역시! 오늘도 메구밍에게 졌어……. 아야얏! 왜, 왜 그래?! 나는 승부에 져서 도시락을 빼앗기게 됐는데 왜 메구밍에게 맞아야 하는 건데?!"

"그런 건 저주받은 자신의 가슴에게 물어보세요!"

"메, 메구밍 양, 스트레스는 발육에 좋지 않아!"

3

융융에게서 빼앗은 오늘 아침을 먹으면서—.

"메구밍! 나한테 천연 네로이드가 들어간 고급 푸딩이 있어! 디저트로 먹기 딱 좋을 거야!"

"고마워요. 아, 스푼이 없네요."

"미, 미안해. 잠시만 기다려."

나는 내 자리에서 묵묵히 융융의 도시락을 먹으며 스푼을 꺼내는 융융을 쳐다보았다. 그리고 그제야 정신을 차린 융융은 푸딩과 스푼을 소리 나게 책상 위에 내려놓았다.

"그냥 주려는 게 아냐! 푸딩을 걸고 승부하자는 거라구! 왜 내가 메구밍에게 순순히 먹을 걸 바쳐야 하냔 말이야!"

"저는 융융에게 길러지는 개나 고양이가 된 기분으로 하루하루를 살고 있는데요. 이제 슬슬 같이 하교해줄 수도 있어요. 그리고 하굣길에 군것질이라도 하죠."

"뭐?! 저, 정말이야……? 자, 잠깐만 무슨 소리를 하는 거야?! 너와 나는 라이벌이잖아! 그, 그리고 어차피 내가 산 군것질거리를 빼앗아먹을 생각이지?!"

나는 어느새 라이벌이 된 것일까.

나는 일단 텅 빈 도시락 통을 융융에게 돌려줬다.

"잘 먹었어요. 간이 딱 좋아서 정말 맛있었어요. 그리고 내일은 단백질이 먹고 싶네요."

"아, 그, 그래? 그럼 내일은……."

융융은 기뻐하면서 빈 도시락 통을 가방에 넣다가 또 퍼뜩 정신을 차렸다.

"그, 그러니까! 말도 안 되는 소리 하지 말라구! 왜 내가……!"

"수업 시간이니 자리에 앉도록. 그리고 학교에 푸딩 같은 걸 가지고 오지 마라. 이건 압수다!"

""아앗!""

어느새 교실에 들어온 담임선생님에게 푸딩을 빼앗겼다.

내 옆자리에 앉은 융융이 「내 푸딩……」이라고 중얼거리며 훌쩍이는 가운데 수업이 시작되었다.

담임은 칠판에 마법 계통을 적은 후 그것을 공책에 적으라고 시켰다.

우리가 아무 말 없이 노트에 그것을 적는 사이, 교단에 선 담임은 당당하게 푸딩을 먹으면서 마법 해설을 시작했다.

"그럼 오늘은 특수한 마법에 대해 설명하겠다. 우선 여기에 적힌 세 마법부터다. 초급, 중급, 상급 마법. 이것들에 대해서는 이제 설명할 필요가 없겠지. 그리고 너희는 상급 마법이야말로 최고의 마법이라고 생각하고 있을 것이다."

담임은 칠판에 마법 세 개를 더 적었다.

"이 세상에는 상급 마법 외에도 작렬마법, 폭발마법, 폭렬마법이라고 불리는 특수한 계통의 마법이 존재한다. 이것들은 매우 뛰어난 위력을 자랑하지만 습득하기 어려운 데다 마력 소모량이 많기 때문에 거의 쓰이지 않는다."

담임이 먹고 있는 푸딩만 쳐다보던 나는 폭렬마법이라는 단어에 반응했다.

"우선 작렬마법부터 설명하겠다. 이건 암반조차도 파괴하는 위력을 지닌 마법인데 이걸 익힌 마법사는 국가의 공공사업에 참가하기도 한다. 하지만 습득에 필요한 스킬 포인트가 상급 마법에 필적하지. 그러니 토목 관련 국가 공무원이 되고 싶은 게 아니라면 이 마법은 익히지 않는 게 좋을 거다."

작렬마법. 작렬마법이라…….

나는 공책에 작렬마법에 대해 적은 후 선생님의 다음 설명을 단 한 마디도 놓치지 않기 위해 귀를 쫑긋 세웠다.

"다음은 폭발마법이다. 이것은 전설적인 아크 위저드가 장기로 삼았던 마법이지. 그녀가 연속해서 날린 폭발마법은 상대 몬스터에게 저항할 틈조차 주지 않으면서 해치웠다고 한다. 하지만 이 마법을 사용하기 위해서는 엄청난 양의 마력이 필요해. 평범한 마법사는 겨우 몇 발 쏘는 게 한계겠지. 마력량에 자신이 있더라도 이걸 익히는 건 그다지 현실적이지 않다."

폭발마법— 폭발마법—.

나는 폭발마법에 대해 필기했다.

그 후 담임은 분필을 놓더니 남은 푸딩을 먹기 시작했다.

으으, 제일 중요한 폭렬마법은 아직 설명하지도 않았으면서…….

"선생님. 아직 폭렬마법에 관해 설명하지 않으셨는데

요…….”

손을 들면서 자리에서 일어난 나에게 반 친구들의 시선이 집중된 가운데 담임은 웃음을 터뜨렸다.

“폭렬마법만은 절대 익히지 마라. 스킬 포인트를 잔뜩 모아야 겨우겨우 습득할 수 있는데다, 상당한 수준의 마력을 지닌 자도 소비 마력이 엄청나서 한 발도 쏘지 못할 때가 많아. 만에 하나 쏠 수 있다고 해도 위력이 너무 세서 몬스터만 해치우는 게 아니라 주위의 지형까지 바꿔버리지. 던전에서 사용했다간 던전 그 자체를 무너뜨릴 테고 마법을 사용할 때 발생하는 엄청난 굉음 탓에 주위에 있는 몬스터들을 불러 모으고 말 거다. 즉, **폭렬마법은 단순한 엉터리 마법**이다.”

4

—3교시. 국어 시간.

“자, 학생 여러분. 우리 홍마족에게 있어 문법과 말은 매우 중요한 것이다. 그 이유를 아나? ……메구밍! 왜 그것들이 홍마족에게 소중한지 설명해보도록.”

담임의 지명을 받고 나는 자리에서 일어나 대답했다.

“재빠른 영창 및 올바른 발음이 마법 제어에 영향을 끼치기 때문입니다.”

"3점. 완전 꽝이군."

"사, 3점!!"

내가 3점……. 3점…….

풀이 죽은 내가 자리에 앉자, 이번에는 옆자리인 융융이 지명을 당했다.

"다음은 융융! 정답을 말해보도록."

"아, 예! 고대에 봉인된 마법 중에는 옛 문자가 쓰이는 게 있습니다. 금주(禁呪) 계열의 마법을 해독하기 위해서는 그런 것들이 꼭 필요하기 때문입니다."

"30점! 금주나 봉인된 마법 같은 단어는 좋았지만 그 외에는 전부 꽝이다!"

"30점?! ……30점…………."

융융이 쓸쓸한 표정을 지으면서 자리에 앉자, 담임은 우리에게 실망했다는 듯 땅이 꺼져라 한숨을 내쉬었다.

"하아……. 이런 애들이 우리 반의 상위권이라니……."

""앗!""

담임이 태도를 본 나와 융융은 발끈했다. 하지만 짜증나는 담임은 그런 우리를 무시하더니 한 학생을 지명했다.

"아루에! 홍마족에게 있어 문법과 언어의 기초가 중요한 이유가 뭐지?"

우리 반에서 세 번째 실력자인 아루에는 자리에서 일어나더니 가슴을 폈다.

"폭염의 불꽃술사 같은 **이상한 별명이 붙는 것을 방지하기 위해서**, 그리고 전투 전에 멋들어진 소리를 늘어놓아 **분위기를 고조시키기 위해서**입니다."

"100점! 그렇다. 우리 홍마족에게 별명은 매우 중요한 것이다. 나에게도 이 마을 제일의 별명이 있지. 그리고 너희 또한 학교를 졸업하기 전에 멋진 별명을 생각해둬야 한다. 좋아, 그럼 다음 시간인 체육 수업 때 내가 직접 시범을 보여주마!"

5

불꽃 마법으로 풀을 전부 태워버린 학교 앞 광장.

운동장이라고 불리는 그곳에서는 망토를 걸친 담임이 아까부터 뭔가를 태우고 있었다.

연기는 아침에 등교할 때부터 보였다. 아마 담임은 이 수업을 위해 아침 일찍 출근했을 것이다.

연기가 피어오르고 있는 하늘은 짙은 구름으로 뒤덮여 있었다.

아마 담임은 이 수업을 위해 비를 부르는 고가의 부적을 태워 미리 구름을 불러둔 것이리라.

하늘에 뜬 구름이 적당한 크기가 됐는지 담임은 고개를 끄덕였다.

"좋아! 그럼 체육 겸 전투훈련을 시작하겠다! 우리 홍마족의 전투에 있어 가장 중요한 것이 무엇인가. 그럼…… 융융! 대답해봐라!"

"저, 저 말인가요?! 으음, 전투에서 중요한……. 내, 냉정함! 그 어떤 일에도 동요하지 않는 냉정함이 중요하다고 생각합니다!"

"5점! 다음, 메구밍!"

"5점?!"

담임에게 5점이라는 평가를 받은 융융은 5점…… 하고 중얼거리면서 풀이 죽었다.

전투에서 중요한 것? 그거야 뻔하잖아!

"파괴력이에요. 모든 것을 유린하는 힘! 힘이야말로 가장 중요하다고 생각합니다!"

"50점! 확실히 파괴력은 중요하다. 충분한 파괴력을 지니지 못한다면 홍마족다운 전투를 할 수 없지. 하지만 틀렸다! 그것만으로는 50점밖에 안 된다!"

"내, 내가 50점……?!"

"나는 5점이야……."

풀이 죽은 나와 융융을 본 담임은 성적만 좋지 실속은 없는 너희에게 실망했다는 듯 지면을 향해 침을 뱉었다.

"퉤."

""앗!""

그 모습을 보고 경악한 우리를 무시한 밉살맞은 담임은 다른 학생을 손가락으로 가리켰다.

"아루에~! 너는 알고 있을 거다! 왼쪽 눈을 가린 안대가 잘 어울리는 너라면 말이다!"

왼쪽 눈을 안대로 가렸으며 옷을 벗겨보면 몸매가 끝내줘서 도저히 같은 또래로는 보이지 않는 반 친구, 아루에는 앞으로 나섰다.

—그리고 그녀는 검지로 안대 위치를 고치면서 말했다.

"얼마나 멋진가, 입니다."

"100점이다! 잘했다, 아루에. 스킬업 포션을 주마! 아루에가 말한 것처럼 전투에 있어 가장 중요한 것은 얼마나 멋진가, 이다! 우리 홍마족의 전투는 화려해야 한다! 그럼 지금부터 그것이 어떤 것인지 시범을 보여주마. ……『콜 오브 선더스톰』!"

담임이 마법을 외우자 하늘을 뒤덮은 비구름에 푸르스름한 번개가 맺히기 시작했다.

상당히 강력한 마법을 사용했는지 부자연스러운 바람이 불기 시작했다.

반 친구들이 강한 바람에 날리는 머리카락을 누르는 가운데 담임은 미리 준비해둔 지팡이를 꺼내더니 그것을 머리 위로 치켜들었다.

"내 이름은 풋칭. 아크 위저드이자, 상급 마법을 펼치는

자…….”

담임이 그렇게 말한 순간 지팡이 끝을 향해 번개가 떨어졌다.

그리고 담임이 망토를 흔들자 그에 맞춰 분 바람에 의해 망토가 펄럭였다.

“홍마족 제일의 담임교사이자, 머지않아 교장의 자리에 앉을 자……!”

담임이 그렇게 말한 순간 한층 더 커다란 번개가 떨어졌다.

그 번개를 등지고 선 담임은 그 자세 그대로 꼼짝도 하지 않았다.

““““머, 멋져!””””

반 친구들이 일제히 환성을 지르는 가운데 융융만은 새빨개진 얼굴을 양손으로 가린 채 희미하게 떨고 있었다.

담임이 너무 멋져서 제대로 쳐다보지를 못하는 걸까, 라고 내가 생각하고 있을 때 융융이 중얼거렸다.

“보, 보는 내가 다 창피해……!”

이 애가 독특한 감성을 지녔다는 소문은 아무래도 사실 같았다.

사춘기 남녀가 걸리는 병 중에 독특한 사람을 동경하게 되는 중2병이라는 게 존재한다고 들은 적이 있다. 이 애는 어쩌면 그런 병에 걸린 걸지도 모른다.

여전히 바람이 부는 가운데 다시 움직이기 시작한 담임은 손뼉을 치면서 말했다.

"좋아! 그럼 마음이 맞는 이들끼리 조를 짜도록! 그리고 서로를 향해 멋진 자기소개를 하면서 포즈 연구를 하는 거다!"

담임이 그렇게 말하자 융융이 움찔했다.

왜 그러는 건지 싶어 쳐다보니 우물쭈물하면서 주위를 둘러보던 융융은 이윽고 나를 힐끔힐끔 쳐다보았다.

아무래도 나와 조를 짜고 싶지만 자칭 라이벌이기 때문에 말을 꺼내지 못하나 보다.

……짜증이 치솟았다.

융융과 조를 짠 후 내 멋진 포즈로 위협해서 울려버릴까 생각하고 있을 때 옆에서 목소리가 들려왔다.

"메구밍, 같이 할 사람 있어? 없으면 나와 조를 짜지 않을래?"

고개를 돌려보니 열두 살이라는 나이에 어울리지 않는 풍만한 가슴이 눈에 들어왔다.

……더 짜증났다.

바로 그때 내 뒤편에서 아…… 하는 조그마한 목소리가 들려왔다.

안 봐도 뻔했다. 융융일 것이다.

안대를 한 반 친구, 아루에는 나에게 말을 건 후 준비운동이라도 하듯 목을 풀더니 그 자리에서 점프를 반복했다.

그에 맞춰 그녀의 풍만한 가슴이…….

…………이 녀석은 적이다!

"좋아요. 제가 조사한 통계학 자료에 비춰볼 때 당신은 장래에 엄청난 대마법사가 될 가능성이 커요. 그러니 지금 이 자리에서 누가 더 뛰어난지 결판을 내도록 하죠!"

"그, 그런 걸 알 수 있는 통계학 자료가 있는 거야?!"

융융이 딴죽을 날렸지만 나에게는 그녀의 말을 신경 쓸 여유가 없었다.

바로 그때 담임이 큰 목소리로 말했다.

"음, 모두 조를 짰지~? 홀수라 한 명 남을 테니 그 녀석은 선생님과 한다!"

"어? 앗!"

그 말을 듣고 주위를 허둥지둥 둘러본 융융은 짝이 없는 사람이 자신이라는 사실을 깨닫더니, 고개를 푹 숙인 채 담임을 향해 걸음을 옮겼다.

………….

"아루에. 오늘은 몸 상태가 좋지 않아서 체육 수업을 쉴까 해요. 아까 융융이 준 도시락에 독이 들어있었던 걸지도 몰라요."

"뭐어?!"

내 말을 들은 융융이 충격 받은 표정을 짓는 가운데…….

"선생님. 몸 상태가 안 좋아서 그러는데 체육 수업을 쉬어도 될까요?"

"또 빠지겠다는 거냐? 절대 안 돼. 너는 체육 수업을 제대로 받은 적이 한 번도 없지? 오늘은 매우 중요한 수업이다. 꾀병으로 빠지는 걸 허락할 수는 없다."

융통성 없는 담임 앞에서 나는 헛구역질을 하며 몸을 굽혔다.

"안 돼. 내가 그런 수법에……."

"누, 눈뜰 거야……! 이대로 있다간, 내 안에 있는 누군가가 이 몸을……!"

"뭐?! 메구밍, 너……! 설마 네 안에 봉인된 그것이 눈뜨려 하는 것이냐……?! 어쩔 수 없지. 양호실에 가는 걸 허락하마. 양호 선생님에게 다시 봉인해달라고 하도록."

"예, 그럼 실례하겠습니다."

"—음! 다들 조를 짰지? 그럼 시작하도록!"

나는 담임의 말을 들으며 양호실로 향했다.

융융의 도시락으로 얻은 칼로리를 체육 수업에 써버리는 것은 아깝다.

나는 양호 선생님에게서 봉인의 힘을 지닌 전설의 시판용 영양제를 받은 후 침대에 드러누웠다.

조용한 양호실 침대에 누운 나는 이불을 목까지 덮고 담임이 했던 말을 떠올렸다.

—폭렬마법은 엉터리 마법.

나는 심통이 나서 이불을 머리까지 뒤집어쓴 후—.

"서, 선생님~! 비가! 비가 내려……. 비가 아니라 폭우인데요! 선생님이 얼마나 멋진지는 충분히 알았으니까, 비 좀 그치게 해주세요!"

"교장선생님이 소중히 돌보던 화단의 튤립이 다 떠내려가고 있어요!"

"아, 아차! 그러고 보니 오늘은 마력의 원천인 달이 가장 높이 뜨는 날이었지……! 억눌려있던 내 마력이 넘쳐흐른 건가……! 이 비는 내가 어떻게 해보겠다! 나는 됐으니까 너희는 빨리 건물 안으로 피난해라!"

"선생님~! 연출만 생각하고 비를 그치게 할 방법은 생각해두지 않았다고 솔직하게 털어놔요!"

운동장에서 들려오는 목소리를 들으면서 눈을 감았다…….

6

"저기, 메구밍. 왜 내 앞에서 스킬업 포션을 자랑하듯 흔들어대며 어슬렁거리는 거야? 나한테 할 말이라도 있어?"

“딱히 할 말은 없어요. ……그것보다 융융의 점심밥은 맛있어 보이네요.”

“그, 그래? 메구밍에게 빼앗긴 승부용 도시락 외에 따로 만들어온 건데……. 아, 안 줄 거야! 이 도시락을 빼앗기면 나는 점심을 굶어야 한단 말이야! 절대 승부 안 할 거야!”

“…….”

“그만해. 내 눈앞에서 포션을 찰랑찰랑 소리 나게 흔들지 마. 빨리 마셔버리란 말이야!”

“………….”

“하, 하지 말라구! 안 줘! 그, 그렇게 슬픈 눈빛으로 쳐다봐도……. ……바, 반만…… 줄 거니까………….”

—융융에게 받은 점심밥을 먹고 있을 때 교내 방송이 들려왔다.

『풋칭 선생님의 견해에 따르면 오늘 오전에 느닷없이 내린 호우는 홍마의 마을 한쪽에 봉인된 사신의 짓이 틀림없다고 합니다. 교장 선생님께서 조사해본 결과, 그 호우에서는 마력에 의한 간섭의 흔적이 존재했으며 인위적으로 내리게 한 비로 추정됩니다. 각 교사들은 이 비의 제어에 투입되어야 해서 오후 수업은 중지하겠습니다. 돌풍, 낙뢰, 호우 때문에 위험하니 학생 여러분은 교내에서 각자 자습을 해주십시오.』

담임은 자신의 죄를 사신에게 덮어씌웠나보다.

내가 이 일을 약점으로 담임에게 저녁을 뜯어먹을 방법을 생각하고 있을 때 학생 몇 명이 자리에서 일어났다.

심심풀이 삼아 학교 도서실에 가나 보다.

—나도 조사할 것이 있다.

융융에게 받은 도시락을 깔끔하게 비운 후…….

"바, 반만 준다고 했는데! 나, 반만 준다고 말했는데……!"

도시락 통을 그녀에게 돌려준 나는 도서실로 향했다.

—수많은 마법사를 배출한 홍마의 마을에 있는 학교답게 도서실에는 많은 책이 비치되어 있었다.

수상쩍은 옛날이야기 책 같은 것부터 어디에 써먹으면 좋을지 알 수 없는 실용 서적들도 있었다.

멋대로 따라온 융융은 실용 서적이 있는 책장에서 뭔가를 찾고 있었다.

『읽기만 해도 친구가 생기는 금단의 마도서』, 『우렁이조차 사교성을 지니게 되는 책』…….

융융이 그런 제목의 책들을 꺼내는 모습이 눈에 들어왔지만 눈을 반짝이면서 읽고 있었기에 아무 말도 하지 않았다.

나는 어떤 책을 찾으면서 책장에 꽂힌 책들의 제목을 손가락으로 훑었다.

『홍마족 탄생 비화』, 『마도기술대국의 멸망』, 『지옥의 공작

시리즈 제4탄 내다보는 악마』, 『이세계에서 온 사람이 존재한다는 소문의 진상』…….

아무래도 상관없는 책들만 눈에 계속 들어오는 가운데 드디어 찾던 책을 발견했다.

『폭렬마법의 유용성』.

나는 그 책을 펼쳐서 페이지를 넘겨봤다.

『폭렬마법이란 궁극의 파괴마법이자, 그 어떤 존재에게도 대미지를 줄 수 있는 최강의 공격마법이다. 현재 그 마법의 습득방법은 거의 알려지지 않았으며 오랫동안 마법을 연구해온 자, 혹은 긴 세월을 살아온 인간 이외의 마법사만이 알고 있다.』

페이지를 넘기던 손가락이 움직임을 멈췄다.

……이런 마법을 익힌 그 사람의 정체는 대체 뭘까.

『그리고 습득하기 어려울 뿐만 아니라 비효율적이기에, 이 마법을 습득한 마법사는 지뢰 마법사라 불리며 모험가들이 파티에 받아주지 않는 경우가 많다.』

거기까지 읽은 순간 폭렬마법을 향한 내 마음이 아주 약간 흔들렸다.

어릴 적에 본 모든 것을 유린하는 파괴마법.

후드를 쓴 사람과 그 마법을 지금까지 계속 동경해왔지만—.

『평범한 재능을 지닌 이는 습득하는 게 불가능하며 설령 습득할지라도 소비 마력이 너무 많기에 마법을 사용하지 못하는 경우도 있다. 왜 이런 마법이 개발되었는지 수수께끼이며 오랜 세월을 산 인간 이외의 마법사들이 남아도는 스킬 포인트로 재미 삼아 익히는 경우가 대부분…….』

……거기까지 읽고 책을 덮은 나는 그 책을 책장에 꽂았다.

이걸 계속 읽다간 마음이 꺾일 것 같았기 때문이다.

바로 그때 그 책 옆에 꽂혀있는 독특한 제목의 책을 발견했다.

『망나니 로드』.

묘한 타이틀에 관심이 간 나는 그 책을 뽑았다.

—그것은 치매에 걸린 군주였던 노인이 두 명의 부하 겸 간병인을 데리고 세상을 바로잡는다는 이유로 영지를 배회하는 이야기였다.

우연히 노인의 신분을 안 마을 사람들은 그 노인에게 나쁜 영주가 저지른 부정을 알려주며 도움을 요청했고 나쁜 영주는 마을 사람들이 거짓말을 하고 있다고 주장하며 발뺌을 했다.

노인은 양쪽 다 잘못이 있다면서 마을 사람들과 나쁜 영주를 모두 죽이려 하자, 마을 사람들과 영주는 협력해서 그 노인을 격퇴했다.

이런 마을은 확 불태워버리겠다면서 분통을 터뜨리는 노인을 부하 두 명이 식사 시간이라고 달래면서 집으로 돌아갔다.

함께 싸운 마을 사람들과 영주는 화해하고 협동이 얼마나 멋진 것인지 안 그들은 이윽고 그 마을을 엄청난 거대 도시로 발전시킨다.

……2권은 어디 있지?

내가 다음 권이 없는지 책장을 찾아보던 때였다.

"어, 너 지금 뭘 보고 있는 거야? 완전 웃기네! 너, 혹시 친구 없어?"

조용한 도서실 안에서 그런 목소리가 울려 퍼졌다.

목소리가 들린 곳을 향해 고개를 돌려보니 반 친구 한 명과 융융의 모습이 눈에 들어왔다.

이건……, 이 상황은……!

"치, 친구는……. 저기……."

"없지? 안 그러면 그런……. ……『어류와도 친구가 될 수 있다』……? 저, 저기 그 책은 관둬. 하다못해 포유류를……."

"그만해요!"

융융과 반 친구 앞으로 뛰어간 나는 반 친구를 손가락으로 가리켰다.

"약한 소녀를 놀리고 괴롭힌 후! 상처 입은 소녀의 마음에 비집고 들어가 친구인 척 하면서 이런저런 말도 안 되는 요구를 할 작정인 거죠?! 다른 사람의 눈은 속일 수 있을지 몰라도 제 눈은 속일 수 없어요!"

"뭐어?!"

나에게 흉계를 간파당한 반 친구는 당황했다.

"자, 잠깐만. 무슨 소리를 하는 건지 모르겠거든?! 융융이 이상한 책을 들고 있어서 말을 걸었을 뿐……."

"메, 메구밍, 왜 그래? 이상한 책을 읽고 영향이라도 받은 거야? 저기, 저 애도 별 생각 없이 나한테 말을 건 것 같은데……."

반 친구와 융융이 그렇게 말했지만—.

"아, 왠지 트러블의 냄새가 나기에 심심해서 끼어들어본 것뿐이에요. 그리고 아까 수업을 빠져서 혼자만 멋들어진 자기소개를 못했잖아요. 그래서 약간 욕구불만 상태예요."

""너무해!""

융융과 반 친구가 동시에 그렇게 외치자 그 목소리를 들은 누군가가 도서실의 문을 열면서 안으로 들어왔다.

"어이, 너희들. 너무 시끄럽잖아. 도서실에서는 좀 조용히 해라. 사신이 부른 비는 일단 그쳤다. 교장 선생님과 내 힘이 어찌어찌 사신의 힘을 상회한 것 같군."

"선생님. 저희에게는 『억눌려있던 내 마력이 넘쳐흐른 건가……!』 같은 소리를 하지 않았어요? 그렇게 사신 탓으로 돌리면 사신이 불쌍하다고요."

말을 계속 바꾸는 담임을 향해 반 친구 중 한 명이 그렇게 말했지만…….

"아, 마을 사람이 사신의 무덤을 보러 갔는데 어떤 멍청이의 짓인지는 몰라도 진짜로 봉인이 풀리려고 한단다. 봉인의 파편 중 몇 개가 보이지 않는다더군. 무덤에 봉인된 사신, 그리고 사신의 부하가 언제 튀어나와도 이상하지 않은 상태인 것 같다. 그 봉인은 사신을 대상으로 한 것이기 때문에 봉인의 영향을 심하게 받지 않는 사신의 부하가 밖으로 나올 가능성이 있으니까, 재봉인 작업이 끝날 때까지는 혼자서 돌아가지 말고 여럿이서 하교하도록."

담임이 그런 소리를 했다.

7

"저기 말이야. 지금으로부터 7년 전, 우리가 아직 어렸을 때도 사신의 봉인이 풀릴 뻔했대. 사신의 무덤 앞에 커다란 구멍 있지? 그건 지나가던 마법사가 사신을 다시 봉인한 흔적이래."

교실로 돌아가 보니 반 친구들이 그런 이야기를 하고 있었다.

이 시골에서는 이런 수상쩍은 소문도 이야깃거리가 된다.

어릴 적 일이기 때문에 잘 기억나지 않지만 그 지나가던 마법사가 나를 구해준 그 사람이라는 것은 눈치챘다.

학교 선생님들이 사신의 무덤을 조사하게 되어 수업을 할 수가 없었기에 우리는 이대로 하교하게 되었다.

반 친구들 중 집이 가까운 애들이 단체로 하교하는 가운데 나와 융융만이 교실에 남겨졌다.

우리 집은 홍마의 마을 구석에 있기 때문에 이 반에는 나와 집이 가까운 이가 없었다.

나만 두고 간 것은 그 때문만이 아니라, 군것질을 하는 반 친구를 발견하면 옆에 찰싹 붙어서 「맛있어 보이네요. 맛있어 보이네요」라고 말하면서 뺏어먹었기 때문이리라.

어쩔 수 없이 혼자 집으로 돌아가려고 자리에서 일어나자…….

"아…………."

마찬가지로 교실에 남아있던 융융이 나를 불러 세우려고 한손을 내밀면서 작은 목소리로 말했다.

"무슨 일이죠?"

"어?! 아, 아니, 그게……. 메구밍의 집은 우리 집 가는 길에 있으니까, 저, 저기……."

융융의 집은 홍마족 족장의 집답게 마을 중앙에 존재했다.

우리 집에 들렀다 가면 꽤 돌아가야 할 텐데…….

"……같이 가겠어요?"

"정말?! 아, 하지만 우리는 라이벌이니까, 너무 친해지는 건……!"

순간 환한 표정을 지은 후 귀찮은 소리를 하기 시작한 융융을 두고 내가 교실을 나가버리자, 그녀는 울상을 지으면서 쫓아왔다.

"기다려! 내, 내일! 내일부터 다시 라이벌답게 행동할게!"

—융융을 데리고 밖에 나가보니 하늘은 여전히 먹구름에 뒤덮여 있었다.

담임은 체육 수업 때의 연출을 위해 이런 엄청난 천재지변을 일으킨 걸까.

그 한순간을 위해 고가의 부적을 아낌없이 쓴 점만큼은 역시 일류 홍마족답다는 생각이 들었다.

여러모로 문제가 많은 담임이지만 그 점만은 인정한다.

집을 향해 걸음을 옮기고 있을 때 뒤편에서 따라오던 융융이 머뭇거리면서 나에게 말을 걸었다.

"저, 저기, 메구밍. 시간 있어? 저기, 혹시 괜찮으면……."

융융은 어디 들러 가볍게 군것질이라도 하지 않겠냐고 말했다.

게다가 자신이 한턱 쏘겠다고 말이다.

"제가 거절할 이유는 없지만, 대체 무슨 바람이 분 거죠?"

"뭐?! 아니, 배가 조금 고파서……."

나는 부끄러움을 타면서 그렇게 말하는 융융에게 말했다.

"뭐, 성장기니 어쩔 수 없겠죠. 그래도 여자애가 식탐을 내는 건 좀 그렇다고 생각해요."

"자, 잠깐만! 메구밍이 그런 소리를 하는 거야?! 내 점심을 메구밍이 전부 먹어버려서 배가 고픈 거란 말이야! 그, 그리고……."

융융은 갑자기 목소리를 낮췄다.

"치, 친구와 군것질을 하거나, 하굣길에 같이 노는 걸…… 저기……. 조, 조금 해보고 싶었다고…… 할까……."

"예? 뭐라고요?"

일부러 작은 목소리로 중얼거리는 융융의 곁으로 돌아간 나는 그녀의 말에 귀를 기울이면서 물었다.

얼굴을 새빨갛게 붉힌 채 아무 것도 아니라고 말하는 융융. 하지만 나는 융융이 울먹거리면서 아까 그 말을 또박또박 말할 때까지 몇 번이나 똑같은 질문을 던졌다.

8

"어서 오세요! 홍마족 제일인 저희 카페에 오신 걸 환영합니다! 효이자부로 씨의 딸인 메구밍이잖아. 학교에서 공부 열심히 하고 있다면서? 홍마족 제일의 천재라며 칭찬이 자자하던걸. 그런데 음식을 먹으러 오다니 별일도 다 있네. 뭐로 할래?"

"칼로리가 높고 오랫동안 배가 부른 음식으로 부탁해요."

"메구밍, 여자애가 그런 식으로 주문하면 안 돼! 저기, 주인아저씨가 추천하는 걸로……."

나와 융융은 마을에 단 하나뿐인 카페의 테라스에 와있다.

아버지의 지인으로 보이는 이 가게 주인은 메뉴를 내밀면서 말했다.

"추천이라. 오늘의 추천 메뉴는 『암흑신의 가호를 받은 스튜』, 또는 『용암용의 숨결풍 겨자 스파게티』다."

"겨자 스파게티로 부탁해요."

"저는 메뉴에 적힌 『마신에게 바쳐진 새끼양고기 샌드위치』를 주세요."

"그래! 용암용의 숨결풍 겨자스파, 마신에게 바쳐진 새끼양고기 샌드위치지? 잠시만 기다리라고!"

"겨자 스파게티예요!"

융융이 얼굴을 새빨갛게 붉히면서 요리 이름을 정정하는 사이, 나는 과즙이 들어간 물을 홀짝이고 있었다. 그런 나에게 융융이 말했다.

"저기, 메구밍. 뭐 하나만 물어봐도 돼?"

"뭐죠? 밥도 사주니까 웬만한 건 대답해줄게요. 제 약점이 알고 싶나요? 현재 제 약점은 달콤한 음식이에요. 식후 디저트가 약점이죠."

"그런 걸 물어보려는 게 아냐! 그리고 그게 무슨 약점이야! 항상 마구마구 먹어대면서!"

"달콤한 음식은 여자의 적이라고 흔히 말하잖아요. 그것보다 물어보고 싶은 게 뭐죠?"

내가 재촉하자 융융은 갑자기 우물쭈물했다.

아무래도 이 애를 보고 있으면 마구 괴롭히고 싶어진다.

"저기, 메구밍. 메구밍은 좋아하는 남자 있어?"

"융융이 발랑 까졌어요!"

내가 그 말을 듣고 벌떡 일어서며 그렇게 외치자 융융은 울상을 지으면서 허둥지둥 말했다.

"그, 그런 거 아냐! 친구 사이인 여자애들은 보통 사랑 이야기 같은 걸 한다잖아?! 나는 그런 걸 동경하는 거라구! 딱히 좋아하는 사람이 있는 건 아니란 말이야!"

그 말을 듣고 안심한 나는 다시 자리에 앉으면서 말했다.

"뭐랄까, 융융은 홍마족 중에서 꽤 유별나네요. 체육 시간에도 멋진 포즈를 취하는 걸 부끄러워해서 제대로 못했다면서요?"

"여, 역시 내가 이상한 거야?! 나는 어릴 적부터 이 마을 사람들이 이상하다고 생각했는데……."

괴짜인 융융은 내 말을 듣고 풀이 죽었다.

그녀가 반에서 붕 떠있는 건 이런 점 때문일지도 모른다.

"그런데 융융은 어떤 타입의 남성을 좋아하나요?"

"뭐?!"

내가 질문을 던지자 융융은 얼굴을 새빨갛게 붉힌 채 당황했다.

"사랑 이야기를 하자면서요? 참고로 제 이상형은 자기 앞가림을 할 줄 알고 빚 같은 것은 없어야 하며, 변덕이 심하지도 않고 바람도 피지 않는 남자죠. 항상 향상심을 품고 있으며 매일 같이 노력을 거듭하는 그런 성실하고 진지한 사람이 좋아요."

"성실하고 진지한 사람이 이상형이구나. 메구밍은 의외로 상냥하고 남들도 잘 챙기니까, 정반대 타입인 구제불능 남자에게 낚일 것 같은……. 아야얏! 노, 농담한 거야! ……나는 조용조용하고 차분하며, 내가 오늘 있었던 일을 이야기하면 옆에서 가만히 들어주는 그런 상냥한 사람이………."

—평온한 오후.

나는 자칭 내 라이벌과 그런 별것 아닌 이야기를 나누면서 집으로 돌아갔다.

9

"다녀왔습니다~."

"언니, 어서와!"

집에 돌아와 보니 힘찬 목소리와 함께 발소리가 들렸다.

나를 맞이한 사람은 이제 막 다섯 살이 된 내 여동생, 코멧코였다.

코멧코는 나에게 물려받은 로브를 입고 있었다. 그녀의 몸집에 비해 큰 로브의 끝자락은 진흙으로 범벅이 되어 있었다.

"아아……. 로브 끝자락이 진흙 범벅이잖아요. 집 보고 있으라고 했는데 또 밖에 놀러 나갔던 건가요?"

"응! 신문배달하는 오빠를 박살내고 놀러 나갔어!"

"호오, 오늘도 이겼나요. 역시 내 동생답군요."

"응! 『사흘 동안 아무 것도 못 먹었어요』라고 말했더니, 식사권을 주고 갔어!"

코멧코가 그렇게 말하면서 자랑하듯 전리품을 보여줬다.

내가 뛰어나기 그지없는 여동생의 머리를 쓰다듬어주자 코멧코는 뭔가를 눈치챈 것 같았다.

"언니한테서 좋은 냄새가 나."

"음, 역시 내 동생답군요. 마신에게 바쳐진 새끼양고기 샌드위치! 자, 배가 터질 때까지 맛보도록 하세요!"

"와아! 마왕이 된 기분이야! 그럼 내가 잡아온 저녁밥은 내일 아침에 먹어야지!"

샌드위치를 받은 코멧코는 기뻐하면서 느닷없이 그런 소리를 했다.

……잡아온 저녁밥.

일전에 코멧코가 매미를 잔뜩 잡아와서는 튀겨먹겠다고 했었던 사실을 떠올린 나는 약간 공포에 질렸다.

"코멧코, 저녁밥이 뭐죠? 뭘 잡아온 건가요?"

"볼래? 내가 사투 끝에 쓰러뜨린 흉포한 칠흑빛 마수야!"

코멧코는 불온한 말을 남긴 후 집 안쪽으로 뛰어갔다.

곤충이 아니기를…….

곤충이 아니기를!

내가 그런 기도를 하면서 기다리고 있을 때 코멧코가 안아들고 온 것은…….

"냐옹~."

무슨 일이 있었는지 모르겠지만 완전히 지친 채 축 늘어진 검은 새끼 고양이었다.

"……엄청난 거물을 잡았군요."

"응, 고생했어! 처음에는 좀 저항했지만 꽉 깨물어줬더니 얌전해졌어."

"이겼다니 다행이지만 아무거나 함부로 깨물면 안 돼요."

나는 그 말을 듣고 순순히 고개를 끄덕이는 코멧코에게서 조그마한 검은 고양이를 넘겨받았다.

나에게 잡힌 그 고양이는 코멧코에게 호되게 당했는지 겁먹은 것처럼 내 가슴에 얼굴을 묻으며 몸을 동그랗게 말았다.

코멧코는 샌드위치를 양손으로 꼭 잡고 한 입 크게 베어 물었다. 그리고 그 샌드위치를 지그시 쳐다본 후 나를 향해 먹다만 샌드위치를 내밀면서 말했다.

"……먹을래?"

“저는 배가 부르니까 코멧코가 다 먹어요. 그것보다 제가 이 털북숭이를 좀 데리고 있어도 될까요?”

“응!”

코멧코는 행복한 표정을 지으며 샌드위치를 먹는 것에 집중했다.

—방에 들어간 나는 내 이부자리 위에서 몸을 동그랗게 말고 있는 고양이를 쳐다보면서 중얼거렸다.

“음, 이 녀석을 어떻게 하죠…….”

이 대범하고 능글능글한 고양이는 어쩌면 상당한 거물일지도 모른다.

코멧코의 희망대로 내일 아침밥으로 삼을 수는 없지만 그렇다고 고양이를 기를 만한 여유도 없었다.

하지만 이대로 놔줬다가 다시 코멧코에게 잡히면, 이 애는 그때야말로 잡아먹히고 말 것이다.

그렇다면—.

10

—교실 안이 술렁거렸다.

“……메구밍. ……메, 메구밍.”

“안녕하세요, 융융. 왜 그런 표정을 짓고 있는 거죠?”

미간을 찌푸린 채 난처한 표정을 짓고 있는 융융이 나를 향해 안녕, 하고 말했다.

"그, 그야…… 이 애는 뭐야?"

"사역마예요."

융융이 물은 것은 현재 책상 위에 드러누워 내 손가락을 희롱하고 있는 검은 고양이였다.

나는 이 고양이, 아니 내 사역마를 반 친구들에게 소개했다.

"사역마?! 사역마를 사역하는 마법사는 옛날이야기에서만 나오는 줄 알았는데!"

"저 사랑스러우면서도 능글능글한 얼굴 좀 봐! 무시무시해! 순진무구한 새끼 고양이인 척 하면서도 주인인 메구밍을 위해 우리 점심을 노리고 있어!"

"분해! 하지만 먹을 걸 주고 싶어!"

반 친구들은 내 사역마의 매력에 완전히 빠진 것 같았다.

어쩌면 이 애는 매료의 마력을 지닌 걸지도 모른다.

이 녀석이라면 적어도 자기 먹을 것 정도는 직접 구할 수 있을 거라고 생각한 나는 내심 안도했다.

"우, 우와~ 부드러워 보여……! 저기, 메구밍. 이 애한테 이름을 붙여줬어?"

융융이 눈을 반짝이면서 고양이를 쓰다듬기 위해 손을 뻗자 고양이는 경계하듯 앞발을 들었다.

고양이에게도 왕따 당한 융융은 쓸쓸한 표정을 지으면서

손을 내렸다.

"이 애, 혹시 메구밍만 따르는 걸까?"

아루에가 그렇게 말하면서 쓰다듬어주자, 고양이는 기분 좋다는 듯이 눈을 가늘게 뜨면서 가만히 있었다. 그 모습을 본 융융은 금방이라도 울음을 터뜨릴 것 같은 표정을 지었다.

"아직 이름은 붙여주지 않았어요. 사실 이 애를 집에 뒀다간 언제 목숨을 잃을지 모르기 때문에 매일 학교에 데려올까 해요."

그 말을 들은 반 친구들은 눈썹을 찌푸리면서 고민에 빠졌다.

"귀여우니까 나는 상관없지만, 선생님이……."

"응. 귀엽지만 선생님이 허락할 것 같지는 않아. 귀엽기는 하지만 말이야."

으음, 역시 담임이 문제인가…….

"—안 돼."

교실에 들어온 담임은 내 말을 듣자마자 딱 잘라서 그렇게 말했다.

나는 사랑스러움을 열심히 어필하는 고양이를 들어 보이면서 말했다.

"선생님, 이 애는 제 사역마예요. 이 애는 제 마력을 영양분 삼아 살고 있기 때문에 저랑 떨어지면 얼마 못가 죽어버려요."

"그래도 안 돼. 아직 마법도 쓸 수 없는 녀석이 사역마를 기른다고? 학교에서는 사역마도 금지, 간식도 금지다! 자, 원래 있던 장소에 데려다놓고 오도록."

역시 안 되는 건가. 그렇다면……!

"선생님, 이 애는 이제 또 한 명의 저예요. 제 힘을 지닌 분신이라고요. 대부분의 힘을 제가 가지고 있지만 그래도 이 애는 엄연한 저 자신이에요. 저희는 일심동체이기에 떨어질 수 없단 말이에요!"

"……또 한 명의 네가 너한테 안기는 게 싫은지 버둥거리고 있다만?"

"저는 이제 곧 반항기거든요."

고양이를 놔주자 교실 구석의 벽으로 발톱을 갈기 시작했다.

"네 분신이 본능에 따라 손톱을 갈고 있다만?"

"홍마족은 언제 어느 때나 전투에 대비해 발톱을 갈아야 하는 존재. 제가 대부분의 지성과 이성을 지녔기에 또 하나의 저는 힘과 야성으로 가득 찬 짐승처럼……."

"좋다."

"그래요. 언뜻 보기에는 사랑스러워 보이지만, 저 안에는……. ……정말요?"

담임은 느닷없이 허락해줬다.

이제부터 나와 나의 분신이 이 몸을 차지하기 위해 얼마나 엄청난 사투를 벌였는지 이야기할 생각이었는데 말이다.

"재미있을 것 같으니 허락해주지."

변변찮은 걸로 소문난 우리 담임은 그런 불안한 소리를 했다.

"—앗, 메구밍! 화장실은 정해진 장소에서 해! 자, 여기야 여기! 여기서 쉬~ 하라구! 그래, 참 잘했어요! 대단해 메구밍!"

"……."

"메구밍이 먹다 남은 걸 여기 두면 냄새나지 않을까? 좀 더 그늘진 곳에 두자."

"…………."

"앗! 정말, 메구밍! 아무데서나 발톱 갈지 마. 귀여운 얼굴로 고개를 갸웃거려도 안 되는 건 안 돼! 안 돼……. 아아, 정말! 진짜 메구밍은 너무 귀엽다니깐!"

"크아아아아아아아아아아악~!"

"꺄아~! 가짜 메구밍이 갑자기 흉포해졌어! 사랑스러움만이 아니라 지성과 이성도 분신에게 빼앗긴 거야?!"

내가 책상을 엎어버리자 반 친구 한 명이 나를 가짜 메구밍이라고 불렀다.

"누가 가짜라는 거예요?! 제가 진짜예요! 다들 메구밍 소리 좀 그만하라고요!"

"메, 메구밍, 왜 그래? 메구밍이 저쪽 고양이를 자기 분신이라고 말했잖아? 지혜와 이성의 메구밍과 힘과 야성의 메구밍이라면서?"

"메구밍메구밍메구밍메구밍, 여기저기에서 제 이름을 불러대니 더는 못 참겠다고요! 저 녀석에게 이름을 붙여주세요!"

내가 분노를 터뜨리자 내 분신을 안아든 융융이 말했다.

"그, 그렇지만 오늘 하루 동안 이쪽이 메구밍인 걸로 정착했고……. 그리고 나도 이제 메구밍을 안을 수 있게 됐어! ……그냥 이 애가 아니라 메구밍이 이름을 바꾸는 편이아야야야얏!"

"배신자! 라이벌의 이름이 바뀌어도 괜찮나요?! 그리고 저는 오늘 하루 동안 이 학교에 입학해서 오늘까지보다 메구밍이라는 이름을 더 많이 들었단 말이에요!"

내 말을 들은 반 친구들이 투덜대면서 말했다.

"모처럼 메구밍이라는 이름이 귀엽게 느껴지기 시작했는데……."

"아아……. 나의 귀여운 메구밍이, 그다지 귀엽지 않은 메구밍에게……."

"어이, 싸움 거는 거냐? 얼마든지 받아주지."

남이 건 싸움을 반드시 받아주는 게 철칙인 홍마족답게 내가 의자를 치켜들며 반 친구를 덮치려 한 순간…….

"……노리스케."

아루에가 낮은 목소리로 중얼거렸다.

아무래도 이 고양이의 이름 후보인 것 같았다.

"……페레키치."

그리고 다른 반 친구가 중얼거렸다.

"쵸이사~."

"마루모."

"카즈마."

그 이름들이 마음에 들지 않는지 융융에게 안긴 고양이는 재채기라도 하듯 킁킁거렸다.

다들 이름 후보를 내놓는 가운데 융융이 고양이를 들면서 말했다.

"이 애, 암컷인데……."

"……그럼 그냥 메구밍으로 하자."

"죽여버리겠어."

내가 반 친구 한 명과 싸움을 시작하자 융융이 갑자기 큰 목소리로 말했다.

"쿠, 쿠로……! ……같은 건 어때? 저기, 그러니까 검은 고양이니까……."

""""…………."""""

그 순간 주위에 정적이 흘렀다. 그 후—.

"뭐, 괜찮은 것 같네. 특이한 이름이라 외우기 쉽잖아."

"뭐?! 트, 특이해……?!"

……흠.

확실히 특이한 이름이지만, 그 만큼 외우기 쉬울지도 모른다.

게다가 쿠로라는 이름이 붙은 당사자는 융융에게 안긴 채 눈을 가늘게 뜨면서 딱히 싫지 않은 태도를 취하고 있었다.

"그럼 일단 쿠로라는 이상한 이름을 가명으로 삼죠. 만약 본격적으로 제 사역마가 된다면 그때는 멋지고 근사한 이름을 지어주겠어요."

"이상한 이름?! 저기, 역시 내가 이상한 거야?! 이 마을 사람들이 이상한 게 아니라, 내가 이상한 거냐구!"

융융이 울상을 지으며 그렇게 말하는 가운데 나는 쿠로를 안아들었다.

11

"저기, 메구밍. 오늘은 소품가게에 들렀다 가지 않을래?"

하굣길.

오늘부터 다시 라이벌답게 행동하겠다고 말했던 융융은 왠지 오늘도 내 뒤를 따라오고 있었다.

뭐, 나는 그녀를 라이벌이라고 생각하지 않으니 아무래도 상관없지만 말이다.

"소품가게 같은 게 이 마을에 있었나요?"

"대장간에서 취미 삼아 소품을 만들기 시작했대. 저기, 메, 메구밍……."

"하굣길에 친구와 귀여운 소품을 보러 가는 게 꿈이었군요. 예, 좋아요. 가죠."

나는 융융과 함께 대장간에 들렀다 돌아가기로 했다.

"—어서 오십시오! 뭐야, 족장의 괴짜 딸내미와 괴짜인 효이자부로의 딸이잖아. 뭐, 찾는 거라도 있어? 너희 같은 애들에게는……. 이 거대한 대검은 어때? 대형 도끼나 해머 같은 것도 있어."

"괴, 괴짜……."

"연약한 소녀 보고 그런 투박한 무기를 들라는 건가요? 그리고 저희에게는 무기 같은 건 필요 없잖아요."

애당초 마법사의 마을에 무기 및 방어구 전문 대장간이 있는 것 자체가 이상했다.

하다못해 지팡이라도 만들 수 있다면 수요가 있겠지만 말이다.

"여자애가 거대한 무기를 휘둘러대니까 좋은 거라고. 갭이라는 거 몰라?"

"어느 세상에 그런 여자애가 있는데요. ……융융, 왜 그러죠?"

옆에 있는 융융이 가게 안을 둘러보고 있었다.

"저기, 이 대장간에서 취미 삼아 소품을 만들기 시작했다고 들었는데요……."

"소품이라면 저쪽에 있잖아. 지나치게 긴 검이나 복잡한 형태의 무기만 좋아하는 홍마족들에게는 인기가 없지만 말이야."

몸집이 큰 대장간 주인이 가게 구석을 턱으로 가리켰다.

그곳에는 소품이 아니라 나이프 같은 것들이 놓여 있었다…….

"세간에서는 소품하면 작은 무기가 아니라 귀여운 액세서리 같은 걸 가리키는데요."

"그러지 좀 말라고. 우리 가게에는 손님이 별로 없기 때문에 이런 거라도 취급하지 않으면 장사를 접어야 한단 말이야."

가게를 낼 장소를 잘못 골랐다고 생각한다.

아니, 그것보다 대체 어떻게 먹고 사는 걸까?

"표정을 보아하니 내가 어떻게 먹고 사는지 궁금한 것 같네. 나 또한 아크 위저드라고. 일반적인 방법으로는 다룰 수 없는 화로를 마력을 듬뿍 사용해 다루면서 고급 갑옷을 만들고 있지. 이래봬도 내 갑옷은 일부 갑옷 마니아 사이에서 평판이 좋거든? 이름을 밝힐 수 없지만 어느 대귀족 가문의 아가씨도 내 갑옷을 애용하고 있지."

"대귀족의 아가씨가 왜 갑옷을 애용하는 거죠? 그것보다 융융. 슬슬……."

융융은 은색 단검을 살며시 쥐더니 그것을 쳐다보았다.

"……마음에 들었나요?"

융융은 고개를 끄덕였다.

—그 후 융융과 헤어진 내가 집에 돌아가 보니 오늘도 로브 자락이 진흙 범벅이 된 코멧코가 나를 향해 뛰어왔다.

"언니, 어서 와! 오늘 선물은 뭐야?"

"오늘은 선물이 없어요. 그런데 오늘도 밖에 나갔나요? 현재 이 마을에서는 사신의 봉인이 풀리려고 하고 있으니까 어두워지기 전에 집으로 돌아오세요."

내 말에는 관심이 없는 코멧코가 내가 안고 있는 쿠로를 안절부절 못하면서 지그시 쳐다보았다.

"……**츄릅.**"

"……?!"

겁먹은 쿠로가 코멧코의 손이 닿지 않는 장소로 도망치려고 내 어깨에 발톱을 세우면서 올라갔다.

주인님의 몸을 기어 올라가려고 하다니 꽤나 간 큰 고양이다.

"언니, 오늘 저녁밥은 고기구나!"

애완동물이든 곤충이든 평등하게 잡아먹으려 하는 내 여동생을 보며 전율을 느낀 나는 말했다.

"코멧코, 좀 기다려요. 이렇게 말라비틀어져서야 먹을 게 거의 없어요. 그러니 좀 살찌운 후에 잡아먹죠."

"아하. 언니는 머리가 좋네!"

나는 구김 없이 미소 짓는 코멧코의 진흙 범벅이 된 얼굴을 손수건으로 닦아줬다.

"그런데 코멧코는 요즘 밖에서 뭘 하면서 놀죠?"

"얼마 전에 찾은 장난감을 가지고 놀아! 언니도 같이 가지고 놀래?"

……장난감?

왠지 그 말이 마음에 걸린다고 할까, 신경 쓰였다.

그러고 보니 분명 내가………….

"언니, 목욕하자! 씻는 김에 이 애도 같이 씻겨주면 되겠네! 그런 걸 잡내 제거라고 하지?!"

"코멧코, 제 어깨 위에 있는 털북숭이가 부들부들 떨고 있으니 그만 하세요."

12

코멧코와 쿠로를 데리고 목욕을 한 후 검소한 밥을 먹은 나는 방으로 돌아왔다.

복도가 시끌벅적한 것을 보니 어머니가 돌아온 것이리라.

아버지는 식사하는 것도 잊은 채 특이한 마도구를 만들고 있을 것이다.

나는 융단 위에 깔린 얇은 이부자리에 드러누운 후 배 위에 쿠로를 올려놓았다.

그리고 떠올렸다.

"장난감 하니 생각났어요. 그 사람과 만났을 때 장난감을 찾아달라고 부탁했었죠."

나는 혼잣말을 중얼거리면서 어두운 방 안에서 쿠로를 들어 올린 후 그대로 눈높이를 맞췄다.

쿠로는 어두운 방 안에서 내 말에 귀를 기울이듯 조용히 나를 쳐다보고 있었다.

능글맞으면서도 크고 동글동글하며 사랑스러운 눈동자였다.

……왜일까.

이 애를 보고 있으니 왠지 그 사람이 생각났다.

내가 이불을 머리까지 뒤집어쓰자 쿠로는 당연하다는 듯이 이불 안으로 쏙 들어왔다.

"어이, 더부살이 주제에 너무 뻔뻔한 거 아냐?"

이불 안에서 멋대로 배 위에 올라와 몸을 동그랗게 만 쿠로의 감촉을 느끼면서…….

나는 당분간은 이대로 마을을 벗어나는 일 없이—.

학교에 가고 여동생을 돌보며…….

그런 변함없는 하루하루를 보낼 거라고 생각했다—.

막간 극장【서막】

─ 풀리지 않는 퍼즐과 사신의 봉인 ─

내가 평소 노는 장소에 가보니 뭔가가 있었다.

무덤 앞에서 몸을 웅크리고 있는 건…….

"커다란 고블린."

"……어이, 꼬맹이. 이 몸을 고블린 따위와 헷갈리지 마라."

"꼬맹이 아냐. 코멧코라구."

"그러냐. ……어이, 코멧코. 너는 이런데서 뭘 하고 있는 거지? 여기는 사신 월버그 님의 반신이 봉인된 무덤이다. 네 가족에게 이곳에 오지 말라는 말을 못 들은 것이냐?"

"들었어. 하지만 언니가 우리 홍마족은 불합리한 요구에 굴해선 안 된다고 했어."

"……그, 그러냐. 하지만 골치 아프게 됐군. 이런 꼬맹이의 입을 막아야만 하는 건가……."

박쥐같은 날개가 달린 크고 거무튀튀하며 고블린이 아닌 사람이 고개를 푹 숙였다.

"꼬맹이 아냐, 코멧코라구. 고블린이 아닌 사람은 여기서 뭘 하고 있는 거야?"

"고블린이 아닌 사람……. 잘 봐라, 꼬맹이! 사악함의 상징인 이 뿔과 거대한 날개! 고블린 따위와는 비교도 되지 않을 만큼 튼

튼한 육체! 나는 바로 사신 월버그 님의 측근인 상위 악마, 호스트 님이다! 기억해둬라!"

"멋져!"

호스트가 커다란 날개를 펄럭이며 그렇게 말하자, 나는 양손을 치켜들면서 환성을 질렀다.

"그, 그러냐……. 너, 꽤 괜찮은 녀석이구나. 원래 목격자는 바로 입막음을 해야 하지만 그냥 봐줄 수도 있다. 그 대신 아무에게도 내 이야기는 하지 마라. 여기서 내가 뭘 하고 있는지도 비밀이다. 특별히 봐주는 거니 고맙게 생각하거라."

"고마워요."

잘은 모르겠지만 일단 고맙다고 말한 나는 호스트 앞에 앉아서 그 크고 단단한 다리를 만져봤다.

"이상한 꼬맹이군……. 뭐, 좋다. 나는 지금 중요한 작업을 하고 있으니 방해하지 마라."

호스트는 고개를 휙 돌리더니, 무덤 앞에서 뭔가를 하기 시작했다. ……앗!

"내 퍼즐!"

"엉? 이건 네 퍼즐이 아니라 월버그 님의 봉인을 풀기 위한 소중한 물건이다. ……어, 어, 어이, 너……!"

내가 찰칵찰칵 소리를 내면서 퍼즐을 맞추자 호스트는 당황했다.

"꽤 하잖아! 이 몸이 마을 사람들의 눈을 피해 몇 개월

동안 노력했는데도 풀지 못했던 봉인의 퍼즐을……. 좋아, 여기서부터는 나도 할 수 있어! 어이, 내놔!"

"아~! 호스트한테 빼앗겼어!"

"헤헷, 얼마든지 지껄이라고. 그리고 이 몸의 이름을 막 부르지 마라. 호스트 님이라고 불러. 그건 그렇고 드디어 월버그 님께서 모든 힘을 되찾으시겠군. 그렇게 되면 예전처럼 마음껏 날뛸 수 있겠지. ……응? 어떻게 된 거지? 이상하네……."

나한테서 퍼즐을 빼앗아간 호스트는 무덤 앞에 있는 칸에 그것을 맞춰서 넣으려 했지만 연거푸 실패했다. 결국 고개를 푹 숙이더니 나를 힐끔 쳐다보았다.

"……어이, 코멧코. 특별히 퍼즐을 가지고 노는 걸 허락해 주마. 계속 맞춰봐라."

"배가 고파서 다 귀찮아졌어. 호스트 님이나 해."

"…………내가 말해놓고 이런 소리를 하는 것도 좀 그렇지만 호스트 님이라고 부르지 마라. 먹을 걸 가지고 올 테니까 퍼즐을 좀 맞춰달라고, 코멧코."

"…………."

"…………부탁드립니다, 코멧코 양."

"알았어."

내 대답을 들은 호스트는 분통을 터뜨리면서 어딘가를 향해 날아갔다.

나는 그 모습을 지켜보면서 다시 퍼즐을―.

제2장

홍마족의 고고한(론리 마스터) 소녀

1

“메구밍! 알고 있지? 오늘도 승부하자!”

어느 선생님이 했던 기후 조작 의식의 반동으로 투명해 보일 만큼 날씨가 화창한 어느 날 아침의 일이다.

내가 교실에 들어가 보니 먼저 와서 기다리던 융융이 나를 향해 그렇게 말했다.

오늘은 묘하게 기분이 좋아보였다.

—그리고 그녀의 기분이 좋은 이유를 눈치챘다.

융융의 허리 뒤춤에는 전에 산 은색 단검이 꽂혀 있었다.

마치 나에게 자랑하는 것처럼 손으로 몇 번이나 단검의 위치를 바꾸는 모습을 보니 짜증이 치솟았다.

어울린다고 말해주기를 바라는 걸까.

나는 융융의 애인이 아니기 때문에 그런 골 때리는 소녀 감성에 어울려주고 싶지 않았다.

“좋아요, 받아주죠. 하지만 판돈으로 삼을 스킬업 포션이 없는데 어떻게 할 거죠?”

“판돈……. 그, 그럼 내가 이기면 메구밍이 한 번만 내가 시키는 대로 해주는 걸로……”

“좋아요. 특별히 승부 방식은 융융에게 유리한 걸로 해주죠. 허리에 차고 있는 그 멋진 단검을 이용한 승부예요. 어떤가요?"

"이 단검 말이야? 좋아, 어떤 승부인지는 모르겠지만 받아주겠어!"

자신만만해 하는 융융을 데리고 자리로 간 나는 책상 위에 손바닥을 올려놓았다.

"그럼 그 단검으로 제 손가락 사이를 연속해서 찌르세요. 10초 동안 모든 손가락 사이를 찌르면 융융이 이기는 거예요. 간단하죠?"

"잠, 잠깐만 있어봐! 무리야! 그런 건 무리라구!"

"걱정하지 마세요. 저는 융융의 실력을 믿어요. 만약 찔리더라도 참을게요. 그럼, 준비~ 시작! 하나~, 둘……."

"됐어! 오늘도 내가 진 걸로 할게!"

오늘 아침도 평소와 다름없었다—.

"……휴우, 잘 먹었어요. 오늘도 맛있었어요."

"으으……. 때로는 제대로 된 승부를 하고 싶은데……."

융융은 내가 내민 도시락 통을 받으면서 울먹였다.

"……그러고 보니 융융은 상급 마법을 익히기까지 몇 포인트 남았죠?"

"포인트? 이제…… 3포인트. 3포인트만 더 모으면 상급 마법을 익힐 수 있어. 그러면 저기……. 이곳을 졸업하게 되는데……. 메구밍은 몇 포인트 더 모아야 해?"

홍마족 학교는 마법만 익히면 언제든지 졸업할 수 있다.

융융의 말을 듣고 모험가 카드를 보니 거기에 표시된 스킬 포인트는 46이었다.

그리고 습득 가능 스킬이 적힌 란에는 《상급 마법》 습득 스킬 포인트 30이라는 문자가 빛나고 있었다.

하지만 내가 익히고 싶은 것은 폭렬마법이다. 폭렬마법을 습득하기 위해서는 앞으로…….

"이제 4포인트 남았네요. 이대로 순조롭게 가면 저보다 융융이 먼저 졸업할 것 같아요."

"뭐?! 자, 잠깐만 있어봐. 메구밍은 항상 나보다 성적이 좋은데 왜 나보다 포인트가 적은 거야? 그것보다, 어?! 나 혼자서 졸업……?!"

융융이 당황한 사이, 담임이 교실에 들어왔다.

그와 동시에 시끌벅적하던 교실 안은 조용해졌다. 그리고 교단에 선 담임교사는 출석부를 한 손에 들면서 말했다.

"그럼 출석을 부르겠다."

담임에게 이름을 불린 학생들이 차례차례 대답을 했다.

"……도돈코! 네리마키! 후니후라!"

이 반의 학생 숫자는 열한 명밖에 없어서 금방 내 차례가 되었다.

"메구밍! …………아, 그리고 융융!"

"아, 예! ……선생님, 방금 그 뜸은 뭐죠? 그리고 방금 『아』라고 하셨죠? 혹시 또 저를 깜빡할 뻔한 건가요?"

"좋아. 그럼 수업을 시작하겠다! ……고 말해야 되겠지만, 사실 요즘 들어 마을 주변의 몬스터들이 활발해져서 말이야. 나도 교장 선생님의 부탁으로 이 마을의 백수……, 가 아니라 한가한 이들을 데리고 몬스터 사냥을 하게 됐다. 너희는 정오가 지난 후에 돌아가라. 그때까지는 도서실에서 각자 자습을 하도록. 이상!"

질문을 무시당한 융융이 울먹이는 가운데 담임은 그렇게 말한 후 교실을 나갔다.

—이곳은 마왕군조차 두려워하는 홍마의 마을이다.

그런 곳에서 몬스터가 활발해졌다는 게 신기했다.

이 근처 몬스터들은 마을에 다가오려고도 하지 않는데…….

나는 그런 생각을 하면서 도서실 안에서 어떤 책을 찾았다.

전에 읽었던 그 묘한 책의 다음 권이 읽고 싶었다.

『망나니 로드 2권』, 『망나니 로드 2권』…….

—찾았다.

"융융. 당신이 들고 있는 그 책은 제가 찾던 거예요. 여러 권 들고 있는 것 같은데 지금 바로 읽을 게 아니라면 제가 먼저 읽어도 될까요?"

융융이 여러 책과 함께 『망나니 로드』 2권을 들고 있었다.

"으음……. 좋아. 메구밍도 이런 책을 읽는구나. 자, 받아."

그렇게 말하면서 융융이 내민 책은 『고블린과도 대화할

수 있다』, 『몬스터와 친구가 되자』였다.

"누가 이딴 책을 읽는다는 거예요! 제가 보고 싶은 건 이딴 게 아니라 『망나니 로드』라고요!"

"어, 메구밍도 이걸 읽는 거야?! 이 책 정말 재미있지? 나도 몇 번이나 읽었어! 2권의 『가짜 군주 일행 나타나다!』의 라스트도 끝내줬다니깐. 설마 군주였던 노인이 가짜 부하 두 명과 여행을 떠나게 되다니……."

"스포일러 하지 마세요! ……그것보다 다른 책들은 대체 뭐죠? 하나같이 제목이 너무하잖아요. 너무해………….
……진짜로 너무하군요."

"그만해, 메구밍. 왜 동정어린 눈길로 나를 쳐다보는 거야?! 이것 좀 봐, 선인장에게도 마음이 있대! 그럼 식물과 친구가 될 수 있을지도 몰라……!"

……이 애의 머릿속은 대체 어떻게 되어먹은 걸까.

"그렇게 친구를 만들고 싶으면 저한테 했던 라이벌 선언을 취소하면……."

"—저기, 융융. 너, 또 그런 걸 읽고 있는 거야? 그렇게 친구가 필요하면 내가 되어줄까?"

옆에서 느닷없이 들려온 그 말을 듣고 고개를 돌려보니 예전에 융융에게 말을 걸었던 반 친구였다.

반……친구…….

"후니쿠라군요. 친구라는 건 되어주는 게 아니에요. 자연스럽게 되는 거예요."

"후니후라야! 너, 반 친구의 이름 정도는 제대로 기억하라구!"

화를 내는 후니후라에게 융융이 부리나케 다가갔다.

"방금 뭐라고 했어? 방금 뭐라고 했냐구!"

"자, 잠깐, 융융. 너, 너무 가까워! 치, 친구가 되어줄까, 라고 말했을 뿐인데……!"

융융이 진지한 표정으로 다가온 바람에 살짝 질린 후니후라가 허둥지둥 말했다.

그 말을 들은 융융은 얼굴을 붉히면서 몇 번이나 고개를 끄덕였다.

오오…… 만년 외톨이였던 융융에게 드디어 친구가!

왠지 융융의 장래가 걱정되기는 했지만 이제 좀 안심해도 될 것이다……!

"훗……. 아직 부족한 데가 많지만, 앞으로 잘 부탁드립니다!"

"저기, 융융. 친구가 어떤 건지 알아?! 알긴 아는 거지?!"

……안심해도…… 되겠지…….

2

"저, 저기, 융융! 또 줄게! 머리끈 정도야 얼마든지 줄 수 있다구! 메구밍도 반성하고 있는 것 같으니까, 그쯤 해!"

"하지만……! 친구에게 받은 소중한 물건인데……!"

—전혀 안심이 되지 않았다.

후니후라는 융융에게 멋을 내보라면서 머리 묶는 고무줄을 준 것 같았다.

그것을 받은 융융은 너무 기쁜 나머지 일단 교실에 돌아가서 책상 안쪽에 소중히 넣어뒀다고 한다.

그리고…….

"그나저나 왜 메구밍이 내 책상 안을 뒤지는 거야?! 왜 남의 고무줄을 가지고 노는 건데?! 어린애야?!"

책을 읽는 것에 질려 일찌감치 교실에 돌아온 내가 심심풀이 삼아 창밖으로 날리던 고무줄 안에 그게 있었던 것 같았다.

그리고 지금 고무줄은 창밖에 있는 나무 꼭대기에 걸려 회수할 수 없는 상황이었다.

—참고로 나는 교실 바닥에 무릎 꿇고 앉아 있었다.

"그런 게 아니에요. 창밖에 있는 저 나뭇가지에 벌레가 매달려 있잖아요. 너무 신경이 쓰이니까 쏴서 떨어뜨릴 수밖에 없게 됐는데 제 책상 안에 있는 고무줄만으로는 해치우지 못했어요. 그래서 무심코 융융의 고무줄을 빌린……."

"그게 무슨 『무심코』야! 그리고 그건 여자애가 할 놀이가 아니잖아! 정말……!"

내가 고개를 푹 숙이자 융융은 땅이 꺼져라 한숨을 내쉬었다.

"후니후라 양, 미안해! 모처럼 준 건데! 집에 가지고 돌아가서 금고 안에 넣어둘 생각이었는데……!"

"그렇게까지 하지 않아도 돼! 그건 오버라구! 그리고 머리끈 같은 건 일상적으로 쓰는 물건이야!"

융융한테 약간 질린 후니후라는…….

"그것보다 슬슬 점심시간이네. 도돈코도 불러서 저쪽에서 같이 도시락 먹자."

아무렇지도 않게 그런 소리를 했다.

"저, 정말?! 도시락을 같이 먹는 건 친구들끼리 하는 거잖아!"

"아니, 그러니까 친구라구! 우리는 친구가 되기로 했잖아!"

융융의 외톨이 증상은 말기인 것 같았다.

"그렇군요. 점심시간이 됐으니 도시락을 먹고 빨리 돌아가도록 할까요."

바닥에 무릎을 꿇고 있던 나는 자리에서 일어난 후 두 사람을 따라가려고…….

"……메구밍, 도시락 가지고 왔어?"

"없어요."

"그럼 무리네."

융융의 질문에 내가 그렇게 대답하자 후니후라는 딱 잘라 그렇게 말했다.

……맙소사. 엄청난 사실을 깨닫고 말았다.

융융에게 친구가 생긴 것은 좋다.

하지만 그와 동시에 가난뱅이인 나는 소중한 생명줄을 잃고 말았다.

내가 도시락을 들고 다른 곳에 가려 하는 융융을 쳐다보며 우왕좌왕하고 있을 때였다.

"메구밍, 저기……. 절반만…… 자, 잠깐만 끌어안지 마! 절하지도 마!"

—하지만 여자 셋이 모이면 접시가 깨진다고 했던가.

"그러니까 말이야~. 그 애, 분명 나한테 마음이 있는 거야! 하지만 어쩌지? 나는 전생에 다시 태어나더라도 함께 하기로 맹세한 상대가 있거든? 그러니 이건 바람피우는 거 아닐까?"

"괜찮잖아. 전생은 전생, 지금은 지금이야. 내 운명의 상대는 이 세상에서 가장 깊은 던전의 최하층에 봉인되어 있는 미남이라는 설정……이 아니라, 미남이야. 그러니까 나는 빨리 마법을 익혀서 그를 구하러 가야 한다구."

이 정신 나간 대화는 대체 뭐지.

"그, 그렇구나. 두 사람 다 대단하네!"

융융은 긴장한 미소를 지으면서 맞장구를 쳤다.

반 친구인 후니후라, 도돈코의 자리에서 넷이 함께 점심을 먹고 있지만 아까부터 영문 모를 사랑이야기가 끝도 없이 이어지고 있었다.

망상 속 연인의 이야기와 현실이 뒤죽박죽으로 얽혀 있었다.

"그런데 융융은? 융융의 이상형……이 아니라, 전생의 연인은 어떤 사람이었어?"

도돈코가 포크로 샐러드를 찍으면서 묻자—.

"나?! 저기, 조용조용하고 차분하며 내가 오늘 있었던 일을 이야기하면 옆에서 가만히 들어주는 그런 상냥한 사람이…………."

"수수해."

"수수하네."

"뭐, 어쩔 수 없죠. 융융은 괴짜니까요. 참고로 저는 전생에 파괴신이었기 때문에 연인이 없었어요. 아, 잘 먹었어요. 정말 맛있었어요."

"괴짜?! 저기, 나는 괴짜야?! 잠깐만, 메구밍! 아까 절반만 준다고 했었잖아! 그런데 또 다 먹어버린 거야?!"

3

하굣길.

“친구가 생겨서 좋겠네요. 융융은 전생에 대왕고독벌레가 아니었을까 하고 의심이 될 정도로 외톨이를 관철해왔잖아요. 실은 좀 걱정됐어요.”

나는 들뜬 표정으로 옆에서 걷고 있는 융융에게 말했다.

“좋아서 혼자 다닌 건 아니라구! ……아, 메구밍. 입가에 소스가 묻었어. 아아~ 여자애니까 몸가짐에 신경 좀 써.”

그렇게 말하면서 내 입가를 손수건으로 닦아준 융융은 왠지 엄마 같았다.

“사실 융융은 친구가 되자면서 다가오는 나쁜 남자에게 간단히 속아 넘어갈 만큼 사회적응력이 없는 애라고 생각했는데, 내일부터는 조금 안심할 수 있을 것 같아요.”

“나는 메구밍이 밥을 사주겠다면서 다가오는 나쁜 남자에게 간단히 속아 넘어갈 만큼 생활능력이 없는 애라고 생각하기 때문에, 내일부터 조금 불안할 것 같아.”

나는 내 입가를 닦아준 융융과 시선을 교환한 후 그녀와 거리를 벌렸다.

“재미있는 소리를 하는 군요. 제가 먹을 것 때문에 남자를 따라갈 만큼 손쉬운 여자라는 건가요?”

“메구밍이야말로 나를 너무 얕보는 거 아냐? 내가 친구라는 말에 낚여 남자를 따라갈 만큼 엉덩이가 가벼운 여자라는 거야?"

길가에서 대치한 융융과 나는 서로를 향해 미소를 지었다.

"어머나, 저는…… 『우리는 친구잖아?』라는 말에 낚여 구제 불능 남자에게 마구 이용당하는 융융의 미래가 선명하게 보인다고요!"

"나는 생활능력이 없기 때문에 길가에 나앉게 된 메구밍이, 자기 취향과는 정반대인 구제 불능 남자에게 자존심을 내던져가며 밥을 사달라고 하는 모습이 선명하게 보여!"

……내 자칭 라이벌인 이 애와는 아무래도 이 자리에서 결판을 내야겠다!

내가 위협적인 포즈를 취하자 융융은 그런 나를 경계하면서 자세를 낮췄다.

일촉즉발의 상황에서 느닷없이 누군가의 목소리가 들려왔다.

"어, 메구밍이잖아."

고개를 돌려보니 우리 집 근처에 사는 신발가게 아들이 서있었다.

"붓코로리. 이런데서 뭘 하고 있는 거죠?"

나와 코멧코에게 이웃사촌 오빠 같은 존재인 그는 「세계가 나를 필요로 하는 날이 올 때까지 힘을 온존하겠다」 같은 소리를 하며 매일같이 집에서 뒹굴거렸다.

그런 그가 이렇게 집밖을 돌아다니는 것은 정말 드문 일이었다.

“요즘 들어 몬스터들이 마을 근처에서 출몰하고 있거든. 아까까지 마을 주변의 몬스터를 제거했어. 『지금이야말로 온존해둔 그 힘을 발휘할 때다!』라는 말을 들으니까 의욕이 샘솟더라고.”

그러고 보니 담임이 마을 백수들을 데리고 몬스터 사냥을 한다고 말했었다.

말솜씨에 넘어가 무보수 노동을 한 것 같지만 본인이 만족한 것 같으니 그냥 넘어가기로 했다.

“그러고 보니 평소에는 안 보이던 묘한 몬스터가 있었어. 그건 뭐였지? 이 마을 주변에 그런 녀석이 있었나…….”

그런 말을 중얼거리던 붓코로리는 문뜩 융융과 시선을 맞췄다.

“……**내 이름은 붓코로리. 아크 위저드이자 상급 마법을 펼치는 자……. 홍마족 제일의 신발가게 아들, 그리고 언젠가 신발가게를 이어받을 자……!** 족장의 딸이지? 잘 부탁해.”

“앗! 예, 융융이라고 해요. 잘 부탁해요…….”

붓코로리의 거창한 자기소개를 듣고 부끄러운지 얼굴을 붉힌 융융은 고개를 숙인 채 조그마한 목소리로 자기 이름을 말했다.

모처럼의 자기소개 찬스를 그냥 날리는 걸 보면 역시 이 애는 괴짜다.

"그런데 두 사람은 뭘 하고 있는 거야? 왠지 배틀이라도 벌일 것 같은 뜨거운 분위기였잖아."

"맞아요! 저는 이 애와 어느 쪽이 더 뛰어난지 확인하기 위해 피비린내 나는 사투를 벌이려던 참이었어요! 자, 융융! 시작할게요!"

"잠깐만! 평범한 승부를 하는 것 아니었어?! 나는 사투를 벌일 각오는 하지 않았단 말이야!"

4

여닫이의 상태가 좋지 않은 우리 집 문을 연 나는 집 안을 향해 말했다.

"다녀왔어요~."

그러자 복도를 달리는 소리가 들리더니 나를 맞이하는 큰 목소리가 집안에 울려 퍼졌다.

"언니, 어서 와!"

코멧코는 만면에 미소를 지으면서 현관으로 뛰어왔다.

볼에 진흙이 묻은 그녀의 로브 자락은 흙으로 범벅이 되어 있었다.

아무래도 또 어딘가로 놀러갔던 것이리라.

"코멧코. 어디로 놀러가는 건지는 모르겠지만 마을 주변에서도 몬스터가 출몰하는 것 같아요. 묘한 몬스터를 봤다는 이야기도 있으니 너무 밖을 돌아다니지는 마세요."

"알았어! 너무 밖을 돌아다니지는 않을게!"

"……제가 허락할 때까지는 밖을 돌아다니지 마세요."

그렇게 말하면서 신발을 벗는 나에게 코멧코가 종이 한 장을 건넸다.

"……응? 이게 뭐죠?"

"안색이 나쁜 예쁜 언니가 찾아와서 「이 집에 솜씨 좋은 마도구 장인이 살고 있지 않나요?」라고 물었어. 그래서 솜씨 좋은 마도구 장인은 없다고 말했더니, 「그런가요?」라고 말하면서 이걸 두고 돌아갔어."

……음?

유심히 보니 그것은 마도구 주문서 같았다.

그 옆에는 엄청 예쁜 글씨로—.

『당신이 제작한 멋진 마도구들을 보고 감명을 받았습니다. 부디 저희 가게와 좋은 거래를…….』

그런 문장과 함께 아버지를 칭찬하는 말들이 적혀 있었다.

……내 아버지는 마도구를 제작하는 장인이다.

그러나 아버지가 만든 마도구는 강한 마력을 지니기는 했지만 하나같이 결함이 있었다.

누구인지는 모르겠지만 아무래도 다른 마도구 장인과 착각한 것 같았다.

만약 착각한 게 아니라면 이 사람은 지나치게 비정상적인 장사 센스를 지녔을 것이다.

"뭐, 다른 장인과 착각했거나 아니면 놀리는 거겠죠. 가게의 위치는 풋내기 모험가의 마을 액셀인가요. 이름은……."

내가 편지를 끝까지 읽기도 전에 코멧코가 내 옷자락을 잡아당겼다.

"언니, 배고파! 요리해줘! 재료는 준비해뒀어!"

"예, 지금 바로 만들어줄게요. ……하지만 변변찮은 재료밖에 없었을 텐데요? 채소 같은 거라도 남아 있으려나요."

—코멧코에게 끌려 부엌으로 가보니 거기에는 조미료와 접시, 그리고 냄비가 준비되어 있었다.

그 옆에는 채소 쪼가리 같은 게 놓여 있었다.

가난한 우리 집에서 흔히 쓰이는 식재료들이었다.

채소 수프라도 끓일까…… 라고 생각하고 있을 때 냄비가 덜컹거렸다.

"……어?"

뚜껑을 열어보니 그 안에는…….

"……코멧코, 저기, 이 애는 좀 더 살을 찌운 후에 말이죠."

"어제보다 살쪘어! 언제 잡아먹을 거야? 내일?"

"조, 조금만 더 기다리죠. 조금만 더요."

오늘은 코멧코에게 아침을 잔뜩 먹였으니 괜찮을 거라고 생각해서 두고 갔지만, 역시 앞으로는 학교에 데리고 가자.

—그렇게 결심한 나는 냄비 안에서 떨고 있는 쿠로를 안아들었다.

5

오늘은 학교가 쉬는 날이다.

일주일에 한 번 있는 이 짜증나는 날은 나에게 있어 고난의 날이다.

왜냐하면…………

"언니, 좋은 아침! 오늘은 학교 안 가지? 그럼 나랑 같이 아침밥 먹자!"

"……코멧코의 아침밥은 새벽에 나간 어머니가 부엌에 준비해뒀을 거예요. 내 몫도 먹으세요. 저는 칼로리 온존을 위해 하루 종일 움직이지 않을 거예요."

나는 이불 안에 틀어박힌 채, 깨우러 온 코멧코에게 말했다.

하지만 코멧코는 방에서 나가지 않았다.

"학교 안 가는 날은 융융한테서 아침밥 못 받잖아? 같이 먹자!"

……여동생의 말을 따르기로 한 나는 어쩔 수 없이 이부자리에서 나왔다.

학교가 쉬는 날이니 오늘은 융융에게 도시락을 얻을 수 없다.

평소에는 학교에서 아침밥을 먹을 수 있기에 내 몫의 아침밥을 한창 클 나이인 코멧코에게 줬다.

하지만 상냥한 여동생은 쉬는 날이 되면 아침을 같이 먹자면서 나를 데리러 온다.

"어쩔 수 없군요. 오늘 아침밥은 뭐죠?"

"주먹밥과 연어!"

"……월말이니 어쩔 수 없죠. 하지만 저는 연어를 싫어하니, 코멧코가 대신 먹어 주세요."

"그럼 이 녀석한테 먹이로 줄래."

코멧코는 그렇게 말하며 나와 함께 이부자리에서 기어 나온 쿠로를 쳐다보았다.

실은 자기가 먹고 싶을 텐데…….

그런 상냥한 여동생의 머리를 내가 쓰다듬어주자…….

"……**츄릅.**"

……나는 쿠로를 쳐다보며 군침을 흘리고 있는 여동생을 데리고 부엌으로 향했다.

"쿠로, 내 연어의 껍질도 먹을래?"

"냐옹~."

"껍질에는 영양분이 많으니까 남기지 말고 먹어요."

코멧코와 식사를 끝낸 후 나는 오늘 해야 할 일을 생각했다.

―아버지는 마도구 장인이지만 아버지가 만든 마도구는

하나같이 독특해서 잘 팔리지 않았다.

팔리더라도 헐값에 팔리기 일쑤이기 때문에 우리 집은 언제나 가난했다.

매달 말에는 아버지와 어머니가 다른 마을에 마도구를 팔러가기 때문에 이 시기가 되면 나는 여동생과 단둘이서 생활해야 한다.

오늘 아침 일찍 나갈 거라고 했으니 며칠 동안은 돌아오지 않으리라.

식량이 놓여 있는 냉장실에는 변변한 먹거리가 없을 것이다.

그렇다면…….

"코멧코. 지금부터 마을에 산책하러 가죠. 그리고 식량을……."

와득.

"끼앙!"

……뭔가를 깨무는 소리와 함께 쿠로가 작게 비명을 질렀다.

"……방금, 쿠로를 깨물었나요?"

"생으로 먹으니 맛없어."

—아무래도 서둘러야 할 것 같았다.

"잘 들어요, 코멧코. 당신의 타깃은 할아버지예요. 저는 이 넘치는 매력으로 젊은 남자를 뜯어먹을게요."

"마성의 언니!"

"후후후. 코멧코, 잘 봐요. 가능하면 이런 짓은 하고 싶지 않았지만 냉장실을 보니 꽤 위험한 상황이에요. ……어이쿠, 마침 적당한 봉이 나타났군요."

쿠로를 봉제인형처럼 한손으로 끌어안은 코멧코의 손을 잡아끌며 착한 언니다운 모습을 연출한 나는 그 봉에게 다가갔다.

"신발가게의 미남 아들 붓코로리잖아요. 안녕하세요. 좋은 아침이에요."

"……나, 백수에 돈도 없어."

정원에서 포즈 연습을 하고 있던 이웃사촌 붓코로리는 미소를 짓고 있는 나를 경계하면서 선수를 쳤다.

단순한 백수인 줄 알았는데 아무래도 얕볼 수 없는 상대였나 보다.

"무슨 소리를 하는 거죠? 제가 어릴 적부터 신세를 져왔던 존경하는 붓코로리한테서 돈을 뜯어낼 리가 없잖아요. 그저 배가 좀 고픈 것뿐이에요."

"존경은 무슨. 결국 뜯어먹을 생각이잖아! 눈칫밥이나 먹는 백수인 내가 집에 있는 먹을 걸 함부로 가지고 나올 수는 없다고. 미안하지만 다른 사람을……."

"오빠, 배고파!"

"기다려, 코멧코! 이 오빠가 집에 가서 먹을 걸 훔쳐올게!"

나는 집을 향해 뛰어가는 붓코로리의 등을 쳐다보면서 내 손을 잡고 있는 코멧코에게 말했다.

"……오늘부터는 마성의 코멧코라는 호칭을 써도 돼요."

"내 이름은 코멧코! 집 보기를 전담하는 자이자, 홍마족 제일의 마성의 여동생!"

마성의 여동생은 그 후에도 먹을 것을 잔뜩 뜯어냈다.

6

"메구밍! 알고 있지?!"

아침부터 텐션이 하늘을 찌르는 융융이 내가 교실에 도착하자마자 그런 소리를 했다.

"알아요. 아침 식사 시간이죠? 기왕이면 이 애의 식사도 부탁할게요."

"아, 아침 식사 시간?! 왜 매일 내가 지는 걸 전제로…….
……어, 이 애라면 쿠로 말이야? 내가 쿠로의 밥도 준비해야 하는 거야?!"

텐션이 높은 융융이 아침부터 그렇게 말하는 가운데 나는 내 어깨에 축 늘어져 있는 쿠로를 안아들면서 말했다.

"싫으면 안 해도 돼요. 하지만 저희 집은 그렇게 유복한 편이 아니어서 융융이 먹을 것을 주지 않는다면 이 애는 굶어야……."

"알았어! 알았다구! 이 애 몫의 밥도 주면 되는 거지?!

하, 하지만 어디까지나 메구밍이 이겼을 때만 줄 거야! 그리고 오늘은 이 애 몫의 밥까지 준비하는 대신 승부 방식은 내가 정하겠어!"

"좋아요."

"그게 싫으면………… 뭐? 그래도 돼?"

융융이 놀란 표정을 짓자 나는 한 번 더 말했다.

"좋아요. 승부 방식은 융융이 정해요."

"……윽!"

내 말을 들은 융융은 환한 표정을 지으면서 주먹을 살짝 말아 쥐었다.

그리고 표정을 굳히면서 말했다.

"단판 승부야. 삼판 승부 중 첫 승부 방식만 정해도 된다, 같은 소리를 하려는 건 아니겠지?!"

"그런 소리 안 해요. 저를 대체 어떤 애라고 생각하는 거죠?"

나는 딱 잘라 그렇게 말했지만 융융은 여전히 미심쩍어했다.

"이번에 진 것은 진정한 내가 아니다. 이것은 나의 거짓된 모습이지. 이제부터 보여줄 제2형태에게 이겨야만 융융은 진정한 승리를 거뒀다고 할 수 있으리라…… 같은 소리도 이제 안 할 거지?"

"그런 옛날 일을 아직도 기억하고 있군요. 참고로 저에게는 제4형태까지 있지만 오늘은 한 번이라도 당신이 이기면 바로 패배를 인정해줄게요."

융융은 그 말을 듣고서야 안심했는지 휴우 하고 한숨을 내쉬었다.

"그럼……, 그럼! 승부는 팔씨름! 이거라면 몸집이 작은 메구밍에게 절대 지지 않을 거야!"

융융은 자신의 책상 위에 팔을 얹더니 소매를 걷으면서 자신만만한 미소를 지었다.

안고 있던 쿠로를 융융의 시야에 들어가도록 책상 구석에 놓은 후 나도 소매를 걷은 팔을 책상 위에 올려놓았다.

그리고 서로의 손을 꽉 잡았을 즈음, 이 소동에 흥미가 생겼는지 안대를 한 장신의 반 친구, 아루에가 다가왔다.

"아루에, 마침 잘 됐어요. 심판을 봐주세요."

"……흠, 좋아. 내 마안 앞에서는 그 누구도 부정을 저지를 수 없도다. 그럼 두 사람 다 준비……!"

내 부탁을 들은 아루에는 안대를 과장스럽게 벗은 후 바닥에 무릎을 꿇고 앉았다.

"그런데 융융. 이번에 제가 이기면 저와 쿠로키치 몫의 밥을 받기로 했잖아요? 그런데 사실 저는 오늘도 스킬업 포션이 없어요. 당신이 이기면 뭘 요구할 거죠?"

"뭐?! 내, 내 요구?! 그, 그래. 으음……. 그럼, 저기……. 가, 같이……. 내일 아침부터, 나와 함께 학교에……!"

바닥에 앉은 채 책상 위에 턱을 얹고 책상 가장자리를 양손으로 잡은 아루에가 고함쳤다.

"시작!"

"우랴앗!"

"어? 아아아아앗! 잠깐만! 크으으으으!"

나는 아루에의 기습적인 개시 신호에 맞춰 단숨에 결판을 내려 했지만 융융은 아슬아슬하게 버텨냈다.

체격이 나보다 큰 융융은 그대로 승부를 원점으로 되돌렸다.

기습에 실패한 이상 남은 방법은……!

"크으……! 이대로 가다간 오늘 아침은 굶을 수밖에 없겠군요……. 융융의 도시락은 정말 맛있어서 매일 아침 기대했는데 말이에요……."

"윽?! 그, 그런 소리 해봤자 소용없거든?! 오늘이야말로 메구밍에게 이길 거야! 그리고 홍마족 제일의 천재라는 칭호를 내가 차지할 거라구! 족장의 딸 융융이 아닌 다른 칭호를 가질 거란 말이야……!"

융융은 족장의 딸이라 특별 취급 받는 것을 신경 쓰는 것 같았다.

나에게 매일같이 도전하는 것은 그저 나 이외에는 어울려 주는 상대가 없기 때문이라고 생각했다.

하지만 홍마족 제일의 천재라는 칭호만은 넘겨줄 수 없다……!

"크, 이대로 있다간 저 뿐만 아니라 쿠로스케도 굶게 되겠죠……! 가난한 저희 집에서는 쿠로타로의 식사를 준비해줄 수가 없어요. 소중한 쿠로베를 위해서라도, 절대 질 수 없어요……!"

"어! 그, 그건……. 잠깐, 소중한 것 치고는 쿠로의 이름이 계속 바뀌고 있잖아! 그냥 쿠로를 이용하는 것뿐이지?! 내 양심을 자극하려는 것뿐이지?!"

양심을 자극 당한 바람에 힘이 빠진 융융과 내가 교착상태에 빠지자, 아루에가 진지한 표정으로 말했다.

"교착상태! 남은 제한시간은 30초! 이 시간 안에 결판이 나지 않으면 둘 다 죽을 것이다!"

""뭐어?!""

아루에가 느닷없이 당치도 않은 룰을 추가한 탓에 우리가 당황한 사이, 책상 위에 있는 쿠로가 융융에게 다가갔다.

그리고 교착상태에서 부들부들 떨고 있는 융융의 팔에 코를 대고 킁킁 냄새를 맡으며 어리광을 부렸다.

"그, 그만해, 쿠로. 내가 이겨도 쿠로한테는 밥을 줄게……! 그러니까 이런 짓 하지 마……!"

"애완동물의 것은 주인의 것! 제가 먹을 밥이 없으면 쿠로의 밥을 제가 먹어버릴 거예요!"

"비겁해!"

"승자~, 메구밍!"

아루에는 내 오른손을 치켜들면서 그렇게 말했다.

7

"저번에 마을의 백수…… 시간적 여유가 있는 용감한 이들을 데리고 마을 주변의 몬스터를 제거한 건 알고 있겠지? 덕분에 현재 마을 주위에는 강한 몬스터가 없다. 약한 몬스터는 일부러 남겨두고 위험한 녀석만 없앴지. 오늘 수업은 야외에서의 실전이다. 비교적 안전해진 마을 주변에서 우리 홍마족에게 전해져 내려오는 양식(養殖)이라 불리는 레벨 상승 방법을 통해 너희 전원의 레벨을 올리겠다. 그러니 운동장에 집합하도록! 그리고 3인 그룹 세 개와 2인조 한 개를 만들어라! 이상!"

출석 확인을 끝낸 담임은 오늘 예정을 말한 후 나갔다.

그러자 교실 안이 시끌벅적해졌다.

반 친구들이 친한 이들끼리 모이는 가운데, 융융이 자신의 자리에 앉은 채 나를 힐끔힐끔 쳐다보았다.

"왜 그러죠? 자칭 제 라이벌인 융융."

"자칭?! 아니, 그게…… 말이야……. ……그룹을 만들래."

"그래요. 그룹을 만들라더군요. 그게 어쨌다는 거죠?"

내가 일부러 매몰차게 말하자 융융은 겉으로 드러날 만큼 당황했다.

……하아.

여전히 자기 입으로는 나한테 같은 조가 되어달라는 말을 하지 못하나 보다.

뭐, 밥도 얻어먹었으니 내가—.

"메구밍. 조를 짤 사람이 없으면 나와 조를 짜는 건 어때?"

내가 융융에게 조를 짜자고 말하려는 순간 어느새 내 근처에 온 아루에가 입을 열었다.

그러고 보니 3인 그룹이라도 괜찮다고 했다.

"좋아요. 조를 짜죠."

"윽?!"

옆에 있던 융융이 그 말을 듣고 난처하다는 표정을 지으며 안절부절 못했다.

나와 아루에는 그런 융융을 힐끔 쳐다보았다.

융융은 이윽고 나를 향해 머뭇거리면서…….

"저, 저기, 메구밍. 나도……."

……무슨 말을 하려고 한 바로 그때였다.

"저기, 융융. 우리와 한 조가 되지 않을래?"

"응응. 조 짤 때마다 고생했잖아? 우리 조에 넣어줄게."

후니후라와 도돈코가 융융에게 말을 걸었다.

두 사람은 방긋 웃으면서 융융의 자리까지 왔다.

"으음……. 하지만……."

하지만 융융은 망설임 섞인 시선으로 나를 힐끔힐끔 쳐다보고 있었다.

"자. 가자, 융융. 우리는 반 친구잖아."

"그래. 친구잖아?"

"윽?! 치, 친구……! 으, 응. 그럼……."

『친구』라는 말에 융융은 얼굴을 붉히면서 일어섰다.

허술해. 너무 허술해.

역시 이 애는 미래에 나쁜 남자에게 휘둘릴 것이다.

융융은 여전히 나를 신경 쓰면서도 후니후라에게 등을 떠밀리며 교실에서 나갔다.

그런 그녀의 뒷모습을 쳐다보던 나에게 아루에는 낮은 목소리로…….

이게 NTR…….
N, NTR 아니거든요?!

8

운동장에 도착한 담임교사는 망토를 펄럭이면서 힘찬 목소리로 말했다.

"좋아, 전원이 모였군! 무기를 가진 이는 자기 무기를 써도 된다. 무기가 없는 이는 몬스터의 숨통을 끊을 때 저걸 쓰도록."

담임은 그렇게 말하면서 지면에 놓여 있는 것을 손가락으로 가리켰다.

거기에는 각종 무기가 산더미처럼 쌓여 있었다. 특이한 점은 대부분의 무기가…….

"서, 선생님! 무기가 너무 커서 들 수 없을 것 같은데요……."

그렇다. 하나같이 지나치게 컸다.

장신인 아루에의 키보다도 큰 대검이나 내 몸집보다도 큰 날을 지닌 도끼.

오거조차도 휘두를 수 없을 만큼 커다란 철구가 달린 모닝스타까지…….

바로 그때 담임은 우리가 보는 앞에서 거대한 대검을 가볍게 들어올렸다.

말라깽이인 담임이 안색 하나 바꾸지 않은 채 한 손으로 대검을 들어 올린 것이다……!

"요령은 자신의 몸에 깃든 마력을 육체 구석구석까지 전달하는 것이다. 그러면 우리 홍마족은 일시적으로 육체를 강화할 수 있지. 오늘까지의 수업을 통해 너희에게도 기초를 자연스럽게 가르쳤다. 의식만 집중하면 자연스럽게 그 힘을 사용할 수 있을 거다!"

담임이 그렇게 말하자 아루에가 한 걸음 앞으로 나섰다.

그리고…….

"……내 마력이여. 내 혈맥을 통해 내 사지에 힘을 부여하라!"

아루에는 그렇게 외친 후 자신의 키보다 큰 대검을 한 손으로 들어올렸다.

""""와아!""""

"어?! 대, 대단해……! 대단하지만 방금 같은 대사를 꼭 읊어야 하는 거야?!"

태클을 날리는 융융을 곁눈질하면서 다른 학생들도 차례차례 무기를 들기 시작했다.

"이 애, 내가 지닌 모든 마력을 주입했는데도 부서지지 않아……! 자, 너에게 이름을 붙여줄게! 오늘부터 네 이름은……!"

거대한 핼버드를 양손으로 든 이는 무기에 이름을 붙여줬다.

"흡!! ……흐음, 내가 쥐고 휘둘렀는데도 꿈쩍도 하지 않는 걸 보면 꽤나 고명한 무기인 것 같네. 이 녀석에게라면 내

목숨을 맡길 수 있겠어……!"

외날 장검을 몇 번 휘둘러본 이는 자신만만한 미소를 지었다.

그들을 곁눈질하면서 나 또한 거대한 도끼를 쥐었다.

내 마력이라면 이 정도 무기쯤은 거뜬하리라……!

"**……크윽, 아직 마력이 부족한 것 같군요……! 내 마력이여 불타올라라……! 자, 그 힘을, 그 은혜를 나에게……!**"

도끼를 쥔 나는 비틀거리면서 그것을 들어올렸다.

큭, 아직 마력이 부족해!

나는 홍마족 제일의 천재! 나라면 이 정도 쯤……!

이를 악물면서 도끼를 들어 올리는 내 옆에서 융융이 말했다.

"서, 선생님. 이거 전부 가짜인데요……. 나무를 도금한 거라서 하나같이 엄청 가벼워요……."

"융융, 5점 감점이다."

"예엣?! 잠깐만요! 선생님!"

나는 무거운 도끼를 내팽개친 후 가장 작은 목검을 주워들었다.

—마을 밖에 펼쳐져 있는 숲속.

담임 앞에 줄지어 선 우리는 모두 무기를 손에 들고 있었다.

대부분 날이 없는 무기를 든 가운데 융융만이 진짜 무기를 쥐고 있었다.

얼마 전에 대장간에서 산 은색 단검이다.

"음! 그럼 다들 잘 들어라. 아까도 말했다시피 이 주변에 있는 강력한 몬스터는 전부 사냥했다. 그러니 남은 건 하나같이 약한 몬스터다. 그 녀석들도 내가 마법으로 꼼짝 못하게 만들겠다. 너희는 움직이지 못하는 몬스터의 숨통을 끊어라."

담임이 거대한 가짜 검을 손에 든 채 그렇게 말했다.

"별 문제는 없을 거라고 생각하지만, 만약 무슨 일이 생긴다면 소리를 지르도록. 그럼 해산!"

담임이 희희낙락하면서 그렇게 말한 후 어딘가로 뛰어갔다.

그와 동시에 반 친구들 또한 흩어졌다.

—바로 그때였다.

"『프리즈 바인드』!"

담임이 간 방향에서 그런 목소리가 들렸다.

나와 아루에가 그쪽으로 가보니 그곳에는…….

""우와…….""

역시 홍마족에게 마법을 가르치는 교사답다고나 할까.

그곳에는 담임에게 당한 걸로 보이는 커다란 도마뱀이 목 아래가 얼어붙은 채 낮은 신음을 흘리고 있었다.

"『프리즈 바인드』!"

또 먼 곳에서 담임의 목소리가 들렸다.

담임은 희희낙락하면서 주변에 있는 몬스터를 무력화시키고 있었다.

나는 아루에와 얼굴을 마주했다.

"먼저 해도 될까?"

아루에가 그렇게 말하자 나는 고개를 끄덕였다.

아루에는 가짜 대검을 양손으로 들더니 휘둘렀다.

"너의 그 생명을 내 힘의 양식으로 삼겠다!"

아루에가 도마뱀의 머리를 향해 대검을 휘두르자 목 아래 부분이 얼어붙은 도마뱀은 끼익 하고 운 후 축 늘어졌다.

자신의 모험가 카드를 본 아루에는 만족스럽다는 듯이 고개를 끄덕였다.

아무래도 레벨이 올랐나 보다.

내가 폭렬마법을 익히기 위해서는 스킬 포인트를 4포인트 더 모아야한다.

지금 사냥을 많이 하면 오늘 안에 폭렬마법을 습득하는 것도 가능할 것이다!

내가 경험치 덩어리를 찾기 위해 주위를 돌아보니, 목 아랫부분이 얼어붙은 뿔 달린 거대 토끼 앞에서 떠들어대는 그룹이 눈에 들어왔다.

뿔 달린 토끼에게 은색 단검을 들이댄 융융은 꼼짝도 하지 못했다.

애처로운 눈길로 토끼가 목숨을 구걸하듯 울어대자 숨통

을 끊어주지 못하는 것 같았다.

"유, 융융, 빨리 해치워! 빨리 사냥하고 다른 몬스터를 찾으러 가자!"

"그, 그래. 우등생인 융융이 시범을 보여줘!"

단검을 쥔 채 꼼짝도 못하고 있는 융융을 같은 그룹인 두 사람이 재촉하고 있었다.

"미, 미안, 이 애와 눈이 마주쳐서……! 도, 도저히 무리야!"

울먹이면서 고개를 저은 융융이 칼집에 넣은 단검을 두 사람에게 내밀자, 그녀들도 그 단검을 받지 못했다.

"이제 와서 그런 소리를 하면 어떻게 해! 우리 홍마족은 그렇게 물러터진 종족이 아니잖아? 이래서는 얕보이고 말거라구!"

"그그, 그래. 움직이지 못하니까 간단히 해치울 수 있잖아. 성적 2위의 실력을 보여줘! 그걸로 확……!"

"그럼 확 해볼까요."

나는 융융을 부추기던 둘 중 한 명인 도돈코의 등을 밀면서…….

"어?! 자, 잠깐만!"

융융에게서 단검을 빼앗은 후 당황한 도돈코에게 억지로

쥐어줬다.

깜짝 놀란 도돈코의 등 뒤에 서서 단검을 꽉 쥐게 한 후 그것을 허리 높이로 들게 했다. 그리고…….

"자, 도돈코! 죽이는 거예요! 동글동글한 눈망울을 지닌 불쌍한 토끼를 경험치를 쌓기 위한 양식으로 삼는 거예요!"

"잠깐만! 잠깐만 기다려! 메구밍, 멈춰! 부탁이야! 용서해줘!"

"왜 주저하는 거죠? 자, 이 순진무구한 토끼를 그대가 힘을 쌓기 위한 제물로 삼는 거예요……! 자, 성적 2위인 융융이 아니라 1위인 제가 직접 지도해줄게요……!"

"기다려엇! 하지 마! 진짜로 하지 마! 더 밀었다간 칼날이 박힐 거야! 울부짖을 거야! 저 애가 뀨우 하고 울부짖을 거라구!"

"자, 잠깐만! 메구밍, 그만해! 도돈코가 울고 있어! 하지 마! 하지 말라구!"

후니후라와 도돈코가 떠들어대는 사이—.

"……저기 말이야. 저쪽에 위험해 보이는 게 있어."

아루에가 숲 쪽을 손가락으로 가리키면서 그렇게 중얼거렸다.

그녀가 가리킨 곳을 쳐다보니 거기에는 몬스터 한 마리가 있었다.

양손에는 날카로운 손톱이 달렸고 칠흑빛 모피를 지녔으며 박쥐 날개가 달린 인간형 악마다.

파충류 같은 얼굴에 부리가 달린 그 몬스터는 주위를 쉴새 없이 둘러보고 있었다.

꽤 강해보이는 점을 비롯해 지적할 점은 꽤 있지만 가장 큰 문제점은 그 녀석의 몸이 얼어붙지 않았다는 것이다.

이렇게 되면 몰래 이 자리를 벗어난 후 담임을…….

—바로 그때 그 녀석의 시선이 몰래 도망치려 하는 나를 향했다.

9

""선생님선생님선생님선생니—임!!""

후니후라, 도돈코, 두 사람이 고함을 지르면서 전력으로 도망치는 가운데—.

"메구밍, 혹시 아는 사이야? 왠지 너를 엄청 노리는 것 같은데?"

"아는 사이일 리가 없잖아요. 저건 내 안에 잠들어있는 힘을 두려워한 마왕이 보낸 자객……. 대, 대체 왜 저를 쫓아오는 거죠?!"

"메구밍의 평소 행실이 나쁘기 때문이야~! 얼마 전에 에

리스교 제단에 놓인 공물을 몰래 먹는 걸 봤다구!"

양옆에서 뛰고 있는 아루에와 융융의 목소리를 들으면서 나는 몬스터에게 쫓기고 있었다.

하늘로 날아오른 몬스터는 다른 이들에게는 눈길도 주지 않으면서 왠지 나만 쫓아왔다.

다른 학생들도 눈에 들어올 텐데 말이다. 융융의 말대로 천벌이라도 받은 게 아닌지 걱정이 되었다.

나와 아루에는 달리는 데 방해가 되는 무기를 이미 버렸다.

흩어져 있던 다른 그룹들도 소동이 일어났다는 것을 알아챈 것 같지만 마법을 쓸 수 있는 이가 없는 이 상황에서는……!

바로 그때 나는 등 뒤에서 뭔가가 꿈틀거리는 것을 깨달았다.

그것은 내 등에 발톱을 세우며 떨어지지 않으려고 버티는 쿠로였다.

—좋은 생각이 났다!

나는 등에 붙어 있는 쿠로를 떼어낸 후 그것을 몬스터에게 보여주듯이 높이 치켜들었다.

"어쩔 수 없군요! 이 털북숭이를 바치죠! 어떤가요? 저보다도 맛있어 보이죠? 제 여동생이 잡아먹으려고 할 정도라고요!"

"역시 수석! 끝내주는 아이디어네!"

"너무해! 그런 짓만 하니까 몬스터에게 쫓기는 거야!"

융융에게 혼나면서도 쿠로를 치켜들자 몬스터는 공중에서 선회하며 이쪽을 향해 천천히 하강했다.

겉모습은 흉포해 보이지만 저 몬스터의 행동에서는 적의가 느껴지지 않았다.

후니후라와 도돈코는 이미 멀리 도망쳤고 다른 학생들이 떨어진 곳에서 지켜보는 가운데 나는 몬스터와 대치했다.

바로 그때 융융이 아무 말 없이 내 앞에 섰다.

반짝이고 있는 은색 단검을 양손으로 쥔 융융은 등 뒤에 있는 나와 아루에를 감싸면서 몬스터와 대치했다.

제대로 된 무기를 지닌 이는 융융 한 명뿐이다.

토끼조차 죽이지 못한 겁쟁이가 우리를 지킬 생각인가 보다.

내 옆에 있는 아루에는 자신의 모험가 카드를 힐끔 쳐다보았다.

이 자리에서 강력한 마법을 익힐 수 있는지 확인하고 있는 것 같았다.

……나는 지금 바로 상급 마법을 익힐 수 있다. 하지만 그랬다간 폭렬마법을…….

하지만 매사에 소극적이고 소심한 융융이 이렇게까지 하고 있는데 내가 가만히 있을 수는……!

"칠흑빛 뇌격이여, 적을 꿰뚫어라! 『커스드 라이트닝』!"

그 외침이 들린 순간 한 줄기 검은 번개가 몬스터의 가슴을 꿰뚫었다.

비명도 지르지 못하고 쓰러지는 몬스터를 본 나는 방금 그 목소리가 들린 곳을 쳐다보았다. 그러자 거대한 검을 어깨에 짊어진 채 당당한 걸음걸이로 다가오는 담임의 모습이 눈에 들어왔다.

평소에는 조금 문제가 있는 교사지만 이럴 때는 믿음직하고 멋졌다.

—바로 그때 담임을 부르러 갔던 반 친구가 말했다.

"선생님, 마법 영창은 일찌감치 끝냈으면서 왜 아슬아슬한 순간까지 기다린 거죠?!"

"음? 그야 가장 폼 나는 타이밍에 구하기 위해서지."

……조금이 아니라 엄청 문제가 있는 담임 교사였다.

10

"저기, 들었어? 메구밍 녀석들을 덮쳤던 몬스터는 이 근처에서 나타난 적이 없는 녀석이래. 하늘을 나는 몬스터는 마을 주변에 없다더라구."

그 몬스터의 난입으로 야외수업은 중지되었기에 학교로 돌아와 보니 교실 안에서는 벌써부터 그런 소문이 돌고 있었다.

책상 위에 있는 쿠로의 꼬리를 잡아당기면서 이야기에 귀를 기울이고 있는데 좀 지쳐 보이는 담임이 교실에 들어왔다.

담임은 고개를 푹 숙이면서 교단에 선 후 입을 열었다.

"다들 잘 들어라. 사신의 무덤에 걸린 봉인이 풀리려 한다는 이야기는 전에 했지? 그리고 오늘 아침의 야외 수업 때 너희는 특이한 몬스터와 마주쳤다. 조사 결과 그 녀석은 사신의 부하일 가능성이 있다고 한다. 그리고 봉인의 파편을 찾고 있지만 여전히 발견하지 못했다고 한다. 서둘러 손쓰지 않으면 위험한 상황이지. 그래서 나도 이제부터 투입되게 됐다. 어제에 이어 오늘도 몬스터 사냥을 하게 된 거지. …… 그런 고로 오늘도 오후 수업은 없다. 저번에도 말했듯이 무덤이 다시 봉인될 때까지는 혼자서 돌아가지 말고 단체로 하교하도록. 이상!"

담임은 그렇게 말한 후 교실에서 나갔다.

사신이니 뭐니, 정말 성가시기 짝이 없는 이야기다.

"메구밍. ……저, 저기…… 오, 오늘도……."

융융은 할 말이 있는지 나를 힐끔힐끔 쳐다봤다.

하아, 같이 돌아가고 싶으면 솔직하게 말하면 될 텐데 말이다.

"……융융, 같이—."

"저기, 융융. 같이 하교하자! 그리고 할 이야기가 있어! 아까 너를 버려두고 도망친 것도 사과하고 싶어!"

……내 말을 끊으며 후니후라가 융융에게 말을 걸었다.

"어?! 아…… 으, 응."

남들에게 잘 휘둘리는 융융은 결국 거절하지 못하고 순순히 고개를 끄덕였다.

여전히 분위기에 휩쓸리기 쉬운 애인지라 걱정이 되었다.

처음 보는 남자가 무릎을 꿇으며 애원하면 하자는 대로 다 할 것 같았다.

"으음, 그, 그럼 메구밍. 내일 봐……."

불안과 쓸쓸함이 어린 표정을 지은 융융은 그 두 사람을 따라갔다.

…………

만년 외톨이인 융융에게 친구가 생긴 것은 잘된 일이다.

잘된 일이지만, 뭐랄까…….

등 뒤에 기척이 느껴져서 뒤를 돌아보니 아루에가 할 말이 있는 표정을 짓고 있었다.

"…………NT—."

"그 말을 계속하면 당신의 그 짜증날 정도로 큰 가슴에 무시무시한 짓을 할 거예요!"

11

—다음날.

내가 고양이 주제에 사람 어깨에 들러붙기를 좋아하는 쿠로를 데리고 교실에 가보니—.

"아, 메구밍. 안녕. ……쿠로도 안녕."

평소 같으면 나를 보자마자 희희낙락하면서 승부를 신청했을 융융이 평범하게 인사를 했다.

"좋은 아침이에요. ……그런데 어떻게 된 거죠? 평소에는 제 얼굴을 보자마자 강도나 산적처럼 싸움을 걸었잖아요."

"나, 그 정도로 무법자였어?! 뭐, 틀린 말은 아니지만 뭐랄까, 표현을 좀……. 라이벌 간의 승부, 라든가……."

우물쭈물하는 융융에게 2인조가 다가왔다.

후니후라와 도돈코였다.

"융융, 좋은 아침! 어제는 고마웠어! 덕분에 살았다구~! 역시 친구를 잘 둬야 한다니깐!"

"맞아 맞아! 고마워! 역시 융융이야!"

"아, 저기……. 나, 나도 친구에게 도움이 되어서 기뻐……!"

표정이 밝아진 융융이 미소를 지었다.

……무슨 일이 있었던 걸까.

"다들 자리에 앉도록! 그럼 출석을 부르겠다!"

융융에게 물어볼지 말지 고민하고 있을 때 담임이 교실에 왔다.

—담임은 출석을 부른 후 마법 영창 문장을 칠판에 적었다.

스킬 포인트만 모아서는 마법을 습득할 수 없다.

우선 습득하고 싶은 마법의 영창을 전부 외워야만 한다.

사용 가능한 마법이 적고 영창이 필요 없는 초급 마법과는 달리, 상급 마법을 습득하기 위해서는 그 만큼 수고를 들여야만 하는 것이다.

하지만 수석인 나는 이미 모든 마법의 영창을 통째로 외웠다.

그리고 내 옆에서 심심해하고 있는 성적 2위인 융융도 마찬가지로 보였다.

심심한 나는 융융에게 궁금한 걸 물어보기로 했다.

『어제 후니후라랑 도돈코와 무슨 일이 있었던 거죠?』

공책을 찢어서 그렇게 적은 후 그것을 동그랗게 말아서 융융의 책상 쪽으로 던졌다.

그것을 본 융융은 내 메모를 읽은 후…….

『친구끼리의 비밀이니까, 라이벌인 메구밍에게는 말해줄 수 없어.』

그런 대답이 적힌 메모를 내 책상을 향해 굴렸다.

…………짜증이 샘솟았다.

『만년 외톨이였으면서 친구가 생기고 하루 이틀 지났다고 꽤 세게 나오는 군요.』

그런 메모를 보내자…….

『그러는 메구밍도 외톨이잖아.』

그런 답장이 왔다.

융융 쪽을 힐끔 쳐다보니 그녀는 의기양양한 표정으로 히죽거리고 있었다.

…………

『새로운 친구가 생겼다고……. ……이제 저에게 도전하지 않는 건가요? 융융에게 친구가 생겨서 기쁘면서도 좀 쓸쓸하네요…….』

『잠깐만. 미, 미안해. 딱히 그럴 생각으로 도전하지 않은 게 아냐! 그저, 어제 이런저런 일이 있었기 때문에 그럴 기분이 아닌 것뿐이야……!』

『저는 괜찮으니까 신경 쓰지 마세요. 뭐, 이러쿵저러쿵 해도 매일 아침 융융과의 승부가 재미있었던 건 사실이에요. 도시락 욕심에 매일같이 승부를 했던 건 아니라고요.』

『아냐! 진짜로! 진짜로, 아니라구! 나도 메구밍과의 승부가 재미있었고 매일 같이 도시락을 만드는 것도 즐거웠어……!』

『……그 말만으로 충분해요. 저희는 라이벌 사이만 아니었으면 좋은 친구가 됐을 거라고 생각해요.』

…………

내가 그렇게 적어서 메모를 보내자 융융은 아무런 대답도 하지 못했다.

융융 쪽을 힐끔 쳐다보니 얼굴이 새빨개진 그녀는 뭔가를 적다 딱딱하게 굳어 있었다.

내 자리에서 융융의 손 언저리를 쳐다보니…….

『언젠가, 메구밍과…… 친』

……까지 적은 후 얼어붙어 있었다.

그런 융융을 본 나는 다시 메모를 적은 종이를 동그랗게 뭉쳐서 딱딱하게 굳어버린 융융의 시야에 들어가도록 던졌다.

눈앞까지 굴러온 그것을 본 융융은 고개를 퍼뜩 들었다.

기대로 가득 찬 표정의 그녀는 촉촉하게 젖은 눈으로 펼친 메모를 읽었고…….

『……라고 말할 줄 알았느냐? 멍청이!』

—메모를 보자마자 자리를 박차고 일어선 융융은 울음을 터뜨리면서 나에게 달려들었다.

12

나는 학교 앞 운동장에서 융융과 여전히 말다툼을 하고 있었다.

"……하아. 이 애는 왜 이렇게 농담을 이해하지 못하는 걸까요."

"뭐가 농담이야! 절대 용서 못해! 용서 못한다구!"

진짜로 울면서 달려든 융융 덕분에 나와 융융은 사이좋게 복도에 서있어야 했다. 그리고 지금은 전투 훈련이라는 명목의 체육 수업을 받고 있었다.

"어이, 거기! 시끄럽다! 이번 수업 시간에도 벌을 받고 싶은 것이냐? 아무리 영창을 암기했다고 해도 수업을 방해하지는 마라. 두 사람 다 감점 20점! ……음, 그럼 전투 훈련 수업을 시작하겠다. 참고로 이번 훈련은 예전에 했던 것과는 다르다. ……아까부터 서로를 노려보고 있는 너희 둘! 너희에게 묻겠다. 전투에서 살아남기 위해 가장 필요한 것은 뭐지?"

담임이 그렇게 묻자 융융이 앞으로 나섰다.

그녀의 분위기를 보아하니 나를 명백하게 의식하고 있었다.

"동료예요! 동료가 있으면 생존율이 비약적으로 상승해요! 뭐, 농담 삼아서 해서는 안 되는 말이 있다는 것도 모를 만큼 머리에 커다란 문제가 있는 동료라면 아무짝에도 도움이 안 되겠지만요!"

……이, 이 녀석……!

"흠. ……그럼 다음! 메구밍! 전투에서 살아남기 위해 필요한 것은 뭐지?"

"화력이에요! 동료니 뭐니 겉만 번지르르한 헛소리만 해대는 쓸쓸한 얼간이도 한 방에 날려버릴 수 있는 엄청난 화력! 힘! 압도적인 힘! 친구나 동료 따위나 원하며 뭉그적거릴 바에야 저는 고고한 마법사가 되겠어요!"

"으으으으……!"

융융은 또 울먹거리면서 나를 노려보았다.

담임은 우리의 대답을 듣더니 팔짱을 끼면서 고개를 끄덕였다.

""선생님, 몇 점인가요?!""

"둘 다 3점. 실망했다! 너희에게 정말 실망했어! 너희 둘은 저쪽에서 무릎 꿇고 내 이야기를 듣도록! ……퉤."

이 선생, 침까지 뱉었어!

융융보다도 이 선생이 더 짜증나!

분한 나머지 부들부들 떨면서 무릎을 꿇는 우리를 곁눈질한 담임은 큰 목소리로 말했다.

"아루에~! 너는 알거다! 저기 있는 성적만 우수한 『엉터리 홍마족』과는 다른 너라면 말이다!"

엉터리 홍마족!

무릎을 꿇은 나와 융융은 이를 갈았다.

이윽고 담임의 말을 들은 아루에가 앞으로 나섰다.

그리고 한쪽 눈을 숨기고 있는 안대의 위치를 고치면서—.

"**전투 전의 대사입니다.** 그것만 제대로 하면 설령 무기랍시고 요리용 무를 들고 있더라도, 혼자서 백만이 넘는 군세를 상대해야 하더라도, 죽지는 않을 겁니다. 반대로 제 아무리 강력한 힘을 지닌 마왕이라도 『저승 가는 선물 삼아 가르쳐 주마!』나, 『너희가 나에게 이길 확률은 0.1퍼센트다』 같은 말을 하면 높은 확률로 집니다."

"100점! 나중에 스킬업 포션을 주마! 홍마족에게 전해져 내려오는 『죽지 않기 위한 대사 도감』은 전원 암기하고 있겠지? 그럼 각자 조를 짜서 전투 전의 대사를 연습하도록!"

담임의 말에 따라 반 친구들은 마음에 맞는 사람끼리 조를 짰다.

하지만 이 반의 학생은 총 열한 명이다.

평소에는 내가 체육을 빠져서 인원이 맞았지만 오늘은 빠질 생각이 없었다.

나는 몸을 일으키면서 옆에 있는 융융에게 말했다.

"……융융, 저와 조를 짜죠. 후니후라와 도돈코는 아마 둘이서 조를 짤 거예요. 그러니 당신만 남잖아요."

"……좋아, 메구밍. 해보자구. 대사 연습 같은 걸로 끝나지는 않겠지만 말이야!"

아무래도 우리 둘은 같은 생각을 하고 있었던 것 같았다.

"선생님. 인원이 모자라서 그러는데 제 파트너가 되어주시지 않겠어요?"

"음. 알았다, 아루에. ……그럼, 각자 시작하도록!"

―반 친구들이 화기애애하게 대사 연습을 하는 가운데 나와 융융만은 진지한 표정으로 대치했다.

"드디어 결판을 낼 때가 된 것 같군요. 노력을 게을리 하지 않은 자가 마지막에는 반드시 승리해요. 저는 그렇게 믿어요. 저는 가난한 가정에서 태어나 지금까지 힘들게 살아왔지만……. 족장의 딸로 태어나, 엘리트의 길을 걸어온 당신에게는 질 수 없어요! 핏줄과 재능이 타고난 사람을 쉬지 않고 노력해온 사람이 이길 수 있다는 걸 제가 증명하고 말겠어요!"

"나는 지금까지 단 한 번도 너한테 이기지 못했어……. 하지만 설령 이길 가능성이 엄청 적다고 해도……. 그게 제로가 아니라면, 나는 절대 포기하지 않아!"

서로가 결의에 찬 말을 입에 담은 후…….

""…………….""

우리는 대치한 채 잠시 동안 침묵했다.

"……주인공 같은 대사를 뱉다니 정말 너무해요! 약았다고요! 제가 질 것 같은 느낌이 들잖아요! 아까 융융은 동료니 뭐니 같은 소리를 했었죠? 그런 쪽 대사를 뱉으라고요!"

"그러는 메구밍이야말로 화력이니 뭐니 같은 소리를 했으니까 더 악역 같은 대사를 말해! 그리고 뭐가 노력을 게을리 하지 않은 자야! 메구밍은 천재잖아! 그리고 내 집안을 언급하는 건 너무하지 않아?!"

전투 전의 대사를 통해 이길 확률을 상승시킨다.

홍마족에게 전해져 내려오는 이 비기는 상대가 홍마족일 경우, 효과가 없다……!

"전부 귀찮아졌어요! 전투훈련 수업이니까, 주먹으로 결판을 내죠! 그 결과에 우리 둘 다 승복하는 거예요!"

"나는 그래도 상관없어! 하지만 체력이 약한 메구밍이 나한테 이길 수 있을까? 오늘은 평소와 달리 잔재주가 통하지 않을 거라구!"

융융이 그런 소리를 하면서 선제공격을 했다!

견제를 하며 앞으로 나선 융융이 내 복부를 향해 가볍게 발차기를 날렸다.

그걸로 나와 자신 사이의 거리를 잰 융융은 자세를 낮추더니 지면을 박차려……!

"냐옹~."

내 배에서 흘러나온 소리를 들은 순간 융융은 움직임을 멈췄다.

정확하게 말하자면 그것은 내 배에서 난 소리가 아니었다.

내 품안에 있던 쿠로가 융융에게 가볍게 걷어차인 탓에 울음소리를 낸 것 같았다.

"아…… 아아……."

상황을 파악한 융융은 갑자기 우물쭈물했다.

"왜 갑자기 우물쭈물하는 거죠? 융융이 덤비지 않는다면 제가 공격하겠어요."

"자, 잠깐만! 잠깐만 기다려봐! 옷 안에 쿠로를 넣어놓지 마! 이래서는 공격을 할 수가 없잖아!"

내가 살금살금 다가가자 융융은 불안한 표정을 지으면서

뒷걸음질 쳤다.

“아까 동료가 어쩌고 했던 융융은 이럴 때 어떻게 할 거죠? 자, 동료는 일방적으로 당신을 도와만 주는 존재가 아니라, 때로는 이렇게 인질이 되어서 당신의 발목을 잡기도 해요! 저라면 동료까지 엄청난 공격으로 한 방에 날려버리겠죠! 자, 공격할 거면 얼마든지 해보세요! 당신이 이름을 붙여준 이 고양이를 걷어찰 수 있으면 걷어차 보라고요!”

“비겁해—!”

13

융융과의 대결에서 승리한 나는 수업이 끝나자 집으로 향했다.

“메구밍은 나와 제대로 싸운 적이 한 번도 없어!”

“결과에 승복하기로 해놓고 그런 소리를 하는 건가요? 융융은 한 번 삐치면 오래가는 타입이군요!”

내가 혼자서 집에 돌아가려 하자 융융은 사신의 무덤이 다시 봉인될 때까지 혼자서 돌아가는 건 위험하다면서 쫓아왔다. 그리고 우리는 여전히 말다툼을 하고 있었다.

“융융이 그 두 사람과 뭘 했는지 가르쳐주지 않으니까, 더 신경 쓰여서 이렇게 되어버린 거잖아요. 저한테 말해줄 수 없을 만큼 부끄러운 일을 한 건가요? 좀 가르쳐줘도 되잖아요.”

"부, 부끄러운 짓 안 했어! 그리고 다른 사람한테는 말하지 않기로 약속했기 때문에 절대 가르쳐줄 수 없다구! 친구와의 비밀이라는 건 꼭 지켜야 하는 거잖아?"

정말, 쉬운 여자애다.

단언할 수 있다. 융융은 미래에 구제불능인 남자에게 낚이고 말 것이다.

나는 절대 이렇게 되지 말자.

"……뭐, 좋아요. 하지만 융융. 당신 친구의 험담을 하고 싶지는 않지만 그 두 사람에 대한 좋은 소문은 듣지 못했어요. 무슨 일이 있었던 건지는 모르겠지만 조금은 의심하는 편이 좋을 거예요."

"메구밍이 지나치게 의심하는 거야. 대체 어떻게 자라면 이렇게 남을 의심할 수 있는 거야?"

"저희 집은 가정 사정상 일단 남을 의심하고 봐야 해요. 안 그래도 빈곤한 생활을 하고 있는데 이상한 사기를 당하기라도 하면 가족 모두가 길거리에 나앉게 될 테니까요. 제 여동생의 이야기에 따르면 얼마 전에도 어떤 사람이 찾아와서 저희 아버지가 만든 결함품 마도구가 대단하다면서 마구 칭찬했던 것 같아요."

"그, 그건……. 뭐, 그 정도면 나도 사기라고 생각하지만……."

융융도 내 아버지가 만든 작품을 결함 상품이라는 걸 인정했지만 그건 어쩔 수 없다.

예를 들자면 아버지가 만든 것 중에는 어두운 곳에서 읽으면 주위를 비추는 마법의 두루마리(스크롤)가 있다.

이 말만 들으면 편리한 아이템 같지만 어두운 곳에서는 스크롤 자체를 읽을 수가 없으며 희미한 빛이라도 존재하면 스크롤이 효과를 발휘하지 않는다. 그야말로 아무짝에도 쓸모없는 물건인 것이다.

그 외에도 열면 폭발하는 포션, 충격을 가하면 폭발하는 포션처럼 어디에 쓰라는 건지 알 수 없는 물건만 만들어댔다.

취미에 빠져 사는 것도 좋지만 최소한의 생활비 정도는 확보해줬으면 좋겠다.

……뭐, 엉터리 마법이라 불리는 폭렬마법을 익히려 하는 내가 할 말은 아니지만 말이다.

이윽고 집이 보이기 시작하자—.

“아무튼 친구가 없는 걸 너무 신경 쓸 필요는 없다고 생각해요. 어쩌면 융융을 잘 이해하는 사람이 있을지도 모르잖아요.”

영문을 모르겠다는 표정을 한 융융에게 그렇게 말한 후 나는 집에 들어…….

……가려다, 수상쩍은 남자가 집 앞을 어슬렁거리고 있다는 사실을 눈치챘다.

“메, 메구밍. 저기 누가 있는데?!”

"창문을 통해 안을 살펴보고 있네요. 혹시 스토커일까요……. 어?"

창문을 통해 집안을 훔쳐보고 있는 남자는 바로, 시간이 남아도는 이웃사촌인 신발가게 집 아들 붓코로리였다.

나에게 볼일이 있다면 당당히 찾아오면 될 텐데 말이다.

"거기서 뭘 하고 있는 거죠?"

"우왓?! 아, 메, 메구밍이구나……. 다행이야, 기다리고 있었어. 실은 너와 상담할 일이 있거든. 하지만 오늘은 좀 늦었으니까……. 내일은 공휴일이라서 학교도 쉬지? 내일 아침……. 가능하면 융융도 상담 상대가 되어줬으면 좋겠어. 어린 여자애와 상담해야하는 일이거든."

우리는 그렇게 말하면서 머리를 긁적이는 붓코로리 앞에서 서로를 바라봤다—.

"—다녀왔어요!"

"언니, 어서 와!"

후다닥 뛰어온 코멧코에게…….

"배 많이 고프죠? 금방 먹을 걸 만들어줄게요."

그렇게 말하면서 미소 짓자 그녀는 고개를 저었다.

"배 안 고파. 잔뜩 먹었거든."

……잔뜩 먹었다?

우리 집에는 먹을 게 거의 없는데…….

쿠로를 집에 두고 갔다면 참극이 벌어졌을 수도 있겠지만 그 고양이는 내 어깨에 찰싹 달라붙어 있기 때문에 그럴 가능성도 없었다.

그런 생각을 하면서 부엌에 간 나는…….

그곳에 놓여 있는 대량의 먹거리를 보고 경악했다.

채소와 과일, 그리고 과자도 있었다.

그 뿐만 아니라 장난감도 있는 것 같은데…….

"이게 다 어디서 난 거죠?"

내 질문을 들은 코멧코는 진지한 표정을 짓더니—.

"내 이름은 코멧코! 집 보기를 전담하는 자이자, 홍마족 제일의 마성의 여동생!"

그렇게 말하면서 포즈를 취했다.

—얘는 장래에 분명 거물이 될 것이다.

막간 극장【2막】

―코멧코 양과 호스트 님―

"어, 오늘은 늦었잖아. 자, 계속 해보자고."

호스트는 오늘도 사신의 무덤 앞에 앉아 있었다.

"봉인의 퍼즐은 하나뿐일 줄 알았는데, 더 있을 줄이야……. 어이, 코멧코. 오늘이야말로 월버그 님의 봉인을 풀자고. 잘 부탁해, 코멧코 양."

"알았어."

퍼즐을 푼 줄 알았더니 제단 안에서 더 어려운 퍼즐이 나왔다.

"자, 오늘도 먹을 걸 가지고 왔다. 뭐, 마을 밖에서 사냥한 걸 구웠을 뿐이지만 말이야. 내가 이 마을의 가게에서 먹을 걸 살 수도 없으니 이걸로 봐달라고."

호스트는 그렇게 말하면서 구운 고깃덩어리를…….

"……츄릅."

"……퍼즐 맞추는 작업이 어느 정도 진행되면 주지. 그런데 너는 왜 이런 장소에 있는 거야? 엄마는 어디 있어? 친구는 없는 거야?"

"엄마는 항상 집에 없어. 마을에 비슷한 또래가 없어서 친구도 없어. 장난감도 없어서 이걸 가지고 놀았어."

“……그랬구나. 뭐, 이 퍼즐을 풀 때까지는 이야기 상대가 되어주마. 이번 퍼즐은 꽤 어려워 보이니 시간이 걸리겠지. 마을의 경비가 강화되어서 매일 올 수는 없지만, 때때로 이렇게 올 때는 먹을 걸 가지고 오지.”

호스트는 그렇게 말하면서 내 손 언저리를 쳐다보았고…….

“진척이 없군.”

“응.”

내가 마른 침을 삼키자 호스트가 말했다.

“……이게 신경 쓰이는 거냐?”

“응.”

내가 아까부터 고기를 계속 쳐다보고 있다는 걸 눈치챈 호스트가 씨익 웃었다.

“악마에게 있어 계약은 절대적인 것이다. 퍼즐을 푸는 작업이 어느 정도 진행되면 준다고 말했지?”

나는 퍼즐을 풀던 손을 멈춘 후 호스트를 힐끔 쳐다보았다.

“호스트는 정말 멋지네.”

“추켜 세워봤자 안 줄 거다.”

“……사흘 동안이나 씹는 맛이 있는 음식을 먹지 못했어요.”

“어제 이 몸이 사냥해온 걸 먹어치웠지 않느냐. 불쌍한 척 해봤자 안 통해.”

“나는 언니를 뛰어넘는 대마법사가 될 거야. 그러니 더는 화나게 하지 말라구…….”

"꼬맹이 주제에 어디서 그런 대사를 배운 거지? 참고로 악마에게는 협박도 통하지 않는다."

호스트가 히죽거리면서 그렇게 말하자—.

"……배가 너무 고파서 머리가 돌아가지 않아요. 먹을 걸 주세요. 부탁이에요, 호스트 님."

"흥! 뭐, 어쩔 수 없지! 자, 빨리 먹어라, 코멧코!"

호스트가 구운 고기에서는 소금 맛밖에 나지 않았지만 맛있었다.

내가 커다란 고깃덩어리를 다 먹어치우자 호스트는 말했다.

"음. 어느 쪽이 주도권을 쥐고 있는지 확실해진 것 같군. 배도 부르지? 그럼 코멧코. 이 호스트 님이 시키는 대로 해라. 자, 슬슬 퍼즐을 풀라고."

"……배가 부르니 잠이 와."

"헛소리 하지 마. 배부르게 먹여줬더니, 그딴 소리를 하는 건 너무하잖아! 어이, 코멧코!"

나는 호스트가 보는 앞에서 지면에 벌러덩 엎드린 채 퍼즐을 만지작거렸다.

"배부르니까 의욕이 안 나."

"……부, 부탁입니다. 의욕 좀 내주세요, 코멧코 양."

"흥! 뭐, 어쩔 수 없지~!"

"아까 내가 한 말이기는 하지만 꼬맹이가 그런 소리를 하면 안 돼!"

제3장
황금의 마을을 수호하는 자
가디언즈

1

"안녕, 메구밍. 아침은 먹었어?"

"안녕하세요. 요즘 여동생이 많은 분들한테서 먹을 걸 뜯어오고 있거든요. 그걸 넙죽넙죽 얻어먹었더니 배가 불러요."

"이, 인간으로서 그런 짓을 해도 되는 거야?"

오늘은 홍마족의 공휴일이기 때문에 학교가 쉰다.

하늘 또한 구름이 잔뜩 끼어 있었다.

나와 융융은 붓코로리의 상담 상대가 되어주기 위해 아침 일찍 모였다.

"후훗, 메구밍. 이걸 봐!"

융융은 환한 표정을 지으면서 뭔가를 꺼내서 보여줬다.

그것은 보드게임이었다.

요즘 왕도에서 인기 있다는 대전게임이다.

"그건 어디서 난 거죠?"

"왕도에 여행을 갔다 온 삼촌이 선물로 줬어. 『이건 혼자서는 가지고 놀 수 없는 거니까, 이게 있으면 분명 너도…….』 같은 영문 모를 소리를 하면서 말이야."

……융융의 삼촌도 조카가 꽤 신경 쓰이나 보다.

"이걸 학교에 가지고 갈 생각인데, 그 전에 나와 한 번 해보지 않을래? 붓코로리 씨가 올 때까지 말이야."

"……뭐, 좋아요. 머리를 쓰는 게임으로 남에게 질 것 같지는 않지만요."

우리는 잔디 위에서 보드게임을 하기로 했다.

"그럼 나부터 시작할게……!"

—30분 후.

"크으으으! 여, 여기! 『소드 마스터』를 이 칸으로 전진시키겠어!"

"『아크 위저드』를 이 칸으로 텔레포트시키죠."

"메구밍은 텔레포트를 너무 치사하게 사용해! ……저기, 『아크 위저드』는 사용을 금지하지 않을래?"

"싫어요. 자, 그러는 사이에 체크 메이트예요."

"아아아아, 자, 잠깐만 기다려봐!"

—한 시간 후.

"조, 좋아. 이대로 가면 이길 수 있을 것 같아……! 자, 메구밍. 이걸로 끝이야! 이 칸으로 『크루세이더』를……."

"익스플로전!"

"앗~! 메구밍, 교활해! 게임판 자체를 엎어버렸잖아!"

"하지만 이 룰북에도 적혀 있잖아요? 여기 좀 봐요. 『아크 위저드 말이 아군 진영에 남아있을 때는……』."

—두 시간 후.

"한 번 더! 메구밍, 한 번만 더 하자!"

"몇 번을 하더라도 제가 이길 테니 이제 포기해요. ……그건 그렇고 이 게임은 꽤 재미있네요. 승자의 권리로서 한동안 빌릴게요."

"아앗! 자, 잠깐만! 이, 이 게임의 룰이 이상한 거야! 익스플로전에 텔레포트 같은 게 있잖아! 대체 누가 이 게임을 만든 거야?!"

융융은 울상을 지으면서 분하다는 듯이 장기 말을 손가락으로 튕겼다.

"그런데 붓코로리 씨가 늦네요. 대체 뭘 하고 있는 걸까요?"

"……부르러 갈까?"

융융의 말에 따라 우리는 근처에 있는 붓코로리의 집으로 향했다.

붓코로리의 집은 이 마을 제일의 신발가게다.

이 마을에는 신발가게가 하나밖에 없기 때문에 자연스럽게 마을 제일의 신발가게가 되었다.

가게에 들어가 보니 이 가게의 주인인 붓코로리의 아버지가 있었다.

"실례합니다. 붓코로리 있나요?"

"오, 메구밍이잖아. 어서 와. 그 자식은 아직 자고 있어."

……어이.

"죄송한데 좀 깨워주시지 않겠어요? 실은 붓코로리가 『어리고 귀여운 너희와 상담하고 싶은 일이 있어. 하악…… 하악……!』 같은 소리를 저희에게 했었거든요."

"이 자식이!"

붓코로리의 아버지는 2층으로 뛰어올라갔다.

"자, 잠깐만! 붓코로리 씨가 했던 말과 맥락은 비슷하면서도 완전 다르잖아!"

"사람을 불러놓고 느긋하게 잠이나 자는 백수에게는 이래도 돼요."

2층에서 고함과 비명이 들린 후에야 붓코로리가 뛰어내려왔다.

"히이이익! 아앗, 메구밍! 너무하잖아! 아버지가 『이 로리콤 자식!』 하고 외치면서 나를 두들겨 패서 깨웠다고!"

"우리에게 상담 상대가 되어달라고 해놓고 약속 시간이 지났는데도 잠이나 퍼질러 잤잖아요. 자, 빨리 가죠!"

"앗, 자, 잠깐만 기다려! 나, 아직 옷 안 갈아입었어!"

—옷을 갈아입은 붓코로리와 함께 밖으로 나온 우리는 이 마을에 딱 하나 있는 카페에 가기로 했다.

"융융, 먹고 싶은 걸 시켜요. 붓코로리가 쏘는 거니까 사양할 필요 없어요. 아, 저는 칼로리가 가장 많은 파르페로 부탁해요."

"그건 내가 할 말 아냐?! 돈도 거의 없는데……."

"음, 나는 배가 부르니까 물이면 돼요……. 메구밍, 아까 오늘 아침을 잔뜩 먹었다고 하지 않았어?"

테이블 앞에 앉아 주문을 끝낸 우리는 붓코로리의 상담에 응하기로 했다.

“아까는 미안했어. 상담할 게 뭐냐면 말이야. 실은 나……. 좋아하는 사람이 생겼어.”

“예엣?!”

“백수 주제에 말인가요?!”

“백수는 상관없잖아! 백수도 밥은 먹고, 잠도 자고, 사랑도 한다고!”

붓코로리가 항의 했지만 나와 융융은 들은 척도 하지 않았다.

“사, 사랑이야기야! 메, 메구밍, 사랑이야기라구!”

“가, 가까운 이의 달콤쌉싸름한 이야기를 듣게 될 거라고는 생각도 못했어요. ……그런데 상대가 누구죠? 혹시 저희가 아는 사람인 건가요? 아, 혹시 저희 중 누군가라든가……!”

“어이, 말도 안 되는 소리 하지 마. 둘 다 내 나이를 생각해보라고. 나는 로리콤이…… 그, 그만해! 둘 다 그만하라고! 잘못했으니까, 내 커피에 타바스코를 넣으려고 하지 마!”

허둥지둥 사과한 붓코로리는 갑자기 진지한 표정을 짓더니…….

"……저기. 내가 좋아하는 사람은……."

2

—마력이 풍부한 홍마족은 마력과 관련된 직업을 가지는 경우가 많다.

마도구 장인이라든가 포션 장인 같은 직업 말이다.

그리고 붓코로리가 짝사랑하는 여성은 평소 점집을 운영하고 수행을 좋아하며, 틈만 나면 혼자서 산에 틀어박혀 필살기 연습을 하는 평범하기 그지없는 홍마족이다.

카페에서 나온 우리는 그녀의 가게로 향했다.

"하지만 왜 하필이면 소켓토인가요. 백수 주제에 눈은 높군요."

"말이 너무 심하잖아. 백수는 눈이 높으면 안 되는 거냐고. 잘 들어, 메구밍. 인간은 큰 이상을 품어야 해. 그건 일자리를 구할 때도 마찬가지야. 나는 신발가게 같은 게 아니라, 더 대단한 일을 하고 싶어……!"

"하지만 누군가와 사귀고 싶다면 일자리를 찾은 후에……."

나는 괴상한 지론을 늘어놓는 붓코로리의 뒤를 따르면서 소켓토에 대해 생각했다.

"상대는 홍마족 제일의 미인이라 불리는 소켓토예요. 그에 비해 당신은 아무런 장점이나 특기도 없고 부모의 일을 이어받는 것도 싫어하는 장래성 없는 백수죠. ……붓코로리, 오늘 하루 동안 저희가 같이 놀아줄 테니 그냥 포기하는 게 어때요?"

"냉정하게 분석하지 마! 어쩌면 그녀는 구제불능인 남자를 좋아하는 괴짜일지도 모르잖아. 우선 이상형이 어떻게 되는지 알아보는 거야."

"자기가 구제불능이라는 건 알고 있군요. 그건 마음에 들어요. 뭐, 어차피 딱히 할일도 없으니 어울려줄게요."

"저, 저기, 자기가 구제불능이라는 걸 알고 있다면, 노력해서 제대로 된 인간이 되는 건 어떤가요? 이상형을 알아보는 거야 좋은 생각이지만요……."

붓코로리는 등 뒤에 있는 나와 융융의 말을 들으면서 성큼성큼 나아갔다.

그는 같은 여자인 우리가 소켓토를 찾아가서 신경 쓰이는 남성은 없는지, 이상형이 어떻게 되는지 물어봐줬으면 하는 것 같았다.

그래서 붓코로리는 우리에게 상담 상대가 되어달라고 한 것이다.

"좋아하는 타입 정도는 직접 물어보면 될 거라고 생각하는데요. 그게 이야기를 나눌 계기가 될 거예요."

"그럴 배짱과 사교성이 있다면 이렇게 백수로 살고 있지 않을 거라고. ……오, 보이기 시작했어!"

당당하게 그딴 소리를 한 붓코로리는 좀 떨어진 곳에 있는 나무 뒤편에 숨어서 소켓토의 가게를 관찰했다.

점집 앞에서는 홍마족 제일의 미인이라 불리는 소켓토가 빗자루로 청소를 하고 있었다.

소켓토 정도의 미인은 청소하는 모습도 한 폭의 그림 같았다.

"소켓토는 여전히 아름답네……. 저 사람의 발치에 떨어져 있는 쓰레기가 되고 싶어……."

"백수는 쓰레기나 다름없는 존재잖아요."

"메, 메구밍!"

그런 소리를 하면서 관찰하고 있을 때 소켓토는 크게 기지개를 켜고 가게로 들어갔다.

그 순간 나는 좋은 생각이 났다.

그렇다. 생각나고 만 것이다.

"붓코로리~! 바로 그거예요!"

"그, 그거?! 발치에 떨어진 쓰레기가 되는 작전 말이야? 아니, 그런 특수한 플레이는 사귀고 난 후에……."

"무슨 바보 같은 소리를 하는 거예요! 그런 게 아니라고요! 좋은 생각이 났어요. 소켓토의 집은 점집이에요. 그녀는 뛰어난 점술사니까, 그녀에게 점을 쳐달라고 하는 거예요! 붓코로리가 미래에 사귀게 될 연인에 대한 것을요!"

"아! 좋은 생각이네! 점을 쳐서 소켓토 씨가 나오면 최고일 거야! 고백할 필요도 없고 그대로 사귀면 되잖아! 그리고 다른 여성이 나오면 아무리 노력해본들 부질없는 짓인 거니까……."

고백을 해서 멋지게 차이는 것보다는 상처를 적게 받지 않을까.

내가 그런 생각을 하면서 제안했다. 하지만 붓코로리는—.

"백수를 얕보지 마. 점볼 돈이 있었으면 매일같이 저 가게에 점을 보러 갔을 거라고."

"저희는 이제 그만 돌아가도 될까요?"

붓코로리는 돌아가려고 하는 우리를 향해 필사적으로 고개를 숙였다.

하지만 이렇게 되면 문제가 하나 생긴다.

"저기, 소켓토 씨가 가게로 들어가 버렸는데……. 저희가 이상형을 물어보려고 해도, 가게 안까지 들어가서 느닷없이 그런 걸 묻는 건 좀 그렇지 않을까요……?"

그렇다. 우리에게 있어서도 초면이나 다름없는 소켓토의 가게에 느닷없이 들어가서 그런 걸 물어볼 수는 없었다.

그 말을 들은 붓코로리는 팔짱을 끼더니 진지한 표정을 지었다.

"어쩔 수 없지. 이렇게 되면 돈을 마련해볼까……!"

3

홍마족이 사는 이 마을 주위에는 강력한 몬스터가 많이 서식하고 있다.

평범한 모험가라면 쓰러뜨리는 것은 고사하고 도망치기도 힘든 강한 몬스터들의 털가죽과 내장은 종류에 따라 비싼 값에 거래된다.

우리는 그런 돈이 되는 몬스터를 잡기 위해 마을 근처의 숲으로 들어갔다.

"저, 저기, 메구밍……. 정말 괜찮은 거야……? 아무리 붓코로리 씨가 있더라도, 많은 몬스터들이 동시에 덤벼든다면……."

"뭐, 괜찮을 거예요. 백수라서 시간이 남아도는 저 백수는 이 숲에 자주 들어와서 용돈 벌이와 경험치 벌이를 하고 있는 것 같으니까요."

"백수, 백수 하지 마. 백수한테도 인권이 있단 말이다. ……그건 그렇고 몬스터가 없네. 얼마 전에 학생들의 야외실습을 위해 한가한 사람들이 강한 몬스터를 제거하면서 돌아다녔기 때문일까? ……아, 드디어 찾았어!"

앞장서서 걷던 붓코로리가 목소리를 낮췄다.

그의 시선은 나무뿌리를 파헤치고 있는 검은 생물을 향하고 있었다.

강인한 앞발로 인간의 머리를 몸에서 떼어내는 필살의 일격을 날려서 일격곰이라고 불리는 몬스터였다.

"일격곰이네. 저 녀석의 간은 비싼 값에 거래되지. ……좋아."

붓코로리는 어떤 마법의 영창을 시작하더니, 이윽고―.

"『라이트 오브 리플렉션』."

마법을 발동시켰다.

그와 동시에 앞장서서 걷던 붓코로리의 모습이 사라졌다.

빛을 굴절시켜 모습을 감추는 마법을 사용한 것 같았다.

풀이 밟히는 모습을 보아하니 모습을 감춘 채 다가가고 있는 것 같았다.

잠시 후 일격곰이 갑자기 몸을 일으키고 킁킁 거리면서 코로 냄새를 맡았다.

이윽고―.

우리를 향해 고개를 돌렸다.

""앗?!""

숨어서 지켜보고 있던 우리와 시선이 마주친 일격곰은 사냥감을 찾아서 기쁜지 포효를 지르며 우리를 향해 곧장 쇄도했다.

"융융, 단검……! 단검을 가지고 있죠?! 저의 끝내주게 멋진 라이벌, 융융! 저를 위해 싸워주세요!"

"평소에는 무시하면서 꼭 이럴 때만 라이벌 대접 좀 하지 말라구! 이런 단검으로 저런 걸 상대할 수 있을 리가 없잖아!"

우리는 도망치려 했지만 일격곰은 의외로 잽쌌다!

그것보다 붓코로리!

붓코로리는 어디 있지?!

"그 백수는 대체 어디 숨어있는 거죠?! 빨리 퇴치해줘요, 붓코로리!"

"아아아아, 다다다, 다가오지 마아아아아아아앗!"

일격곰이 코앞까지 온 바로 그 순간이었다.

"『라이트 오브 세이버』!"

아무것도 없던 공간에서 갑자기 붓코로리가 나타나더니 그렇게 외치면서 손날을 휘둘렀다.

그가 휘두른 손날에 맞춰 빛줄기가 뻗어나갔다.

그 빛줄기의 궤적에는 붓코로리에게 등을 보이고 있는 일격곰이 있었다.

어깨에서 옆구리까지를 베인 일격곰은 우리를 향해 몇 걸음 내디딘 후 빛이 지나간 부분에 따라 둘로 쪼개지더니 지면에 쓰러졌다.

"휴우……. 평소 같으면 내 냄새를 맡고도 한동안 두리번

거리다 바로 경계를 풀었을 텐데……. 참, 어땠어? 쓰러뜨리는 타이밍은 괜찮았지? 소켓토가 위기에 처했을 때 방금 같은 타이밍에 나서면…… 아야얏! 자, 잠깐만 기다려! 잘못했어! 하지만 나서는 타이밍을 재는 건 홍마족에게 있어 당연한 일……!"

나와 융융은 아무 말 없이 붓코로리의 어깨에 펀치를 계속 날려댔다.

"—하아, 이런 위험한 장소에서 장난 좀 치지 마. 몬스터의 시체를 빨리 처리하지 않으면 피 냄새를 맡은 다른 몬스터들이 몰려올 수도 있단 말이야."

지면을 굴러다니던 붓코로리는 옷에 묻은 흙을 털면서 몸을 일으켰다.

"저희를 화나게 한 당신이 그런 소리를 하는 건가요. 곰의 간을 채취하고 빨리 돌아가죠."

다수의 홍마족이 사냥을 나섰을 때는 일부러 시체를 처리하지 않고 놔둬서 몬스터들을 불러 모으기도 한다.

하지만 우리 중에서 제대로 싸울 수 있는 사람은 이 백수뿐이다.

"……저기."

바로 그때 융융이 내 옷자락을 잡아당겼다.

고개를 돌려보니 표정이 딱딱하게 굳은 융융이 새파랗게

질린 얼굴로 우리 뒤편을 쳐다보고 있었다.

그리고…….

"저저, 저건……."

희미하게 떨면서 한곳을 손가락으로 가리켰다.

불길한 예감에 그쪽을 쳐다보니……!

"도망치죠! 붓코로리, 곰의 간은 포기해요! 이 작전은 실패했어요!"

"우오오오오오오오, 자, 잠깐만 기다려어어어엇!"

"""""커어어어어어어어어엉~!"""""

그곳에는 동료가 살해당해 분노한 일격곰 무리가 있었다—!

4

"—그럼 융융. 점심때가 됐으니 돌아가죠."

"그래. 그럼 내일 학교에서 봐."

"기다려! 둘 다 나를 버리지 마! 부탁이야……!"

마을로 도망친 우리가 그렇게 말하면서 돌아가려 하자 붓코로리는 울음을 터뜨렸다.

일격곰 무리를 혼자서 유인한 탓인지 몸이 진흙 범벅이었다.

연상의 백수가 그런 몰골로 우리 앞에서 무릎을 꿇은 채 울며 애원하는 모습은 동정심을 느끼게 하기에 충분했지만—.

"……하아. 알았으니까, 다 큰 어른이 학생한테 무릎을 꿇지 말아요. 조금만 더 도와줄게요……. 하지만 이제 어떻게 하죠? 붓코로리의 연인 후보를 점쳐 달라 작전은……."

"아니, 그것보다 왜 일격곰들이 그런 곳에 모여 있었던 거지? 원래 일격곰은 무리를 짓지 않는데……."

붓코로리는 풀이 죽은 상태에서 그렇게 말했다.

"아버지도 요즘 숲의 상태가 이상하다고 했어. 혹시 그 특이한 몬스터가 나타난 것과 관련이 있는 걸까?"

융융도 생각에 잠긴 채 그런 소리를 했지만 우리가 그 이유를 알 수 있을 리가 없었다.

"아무튼 여기서 이러고 있는 건 시간 낭비니 소켓토의 가게로 가죠."

—내 제안에 따라 우리는 다시 가게로 향했지만…….

"……준비 중이라는 팻말이 걸려있네. 소켓토 씨, 어디 간 걸까?"

융융은 그렇게 말했다.

그 말을 들은 붓코로리가 우리의 어깨를 두드리더니…….

소켓토에 관한 거라면 나한테 물어봐. **우리 사이에 비밀은 없거든.** 소켓토는 **아침 일곱 시에 일어나.** 건강미 넘치지? 그 후 시트를 세탁물 바구니에 넣고 아침 준비를 시작하는데, 소켓토는 매일 아침 **우동만 먹어.** 우동을 정말 좋아하는 것 같아. 그녀는 냄비에 물을 담아서 끓이는 사이, **양치질**과 **세수**를 해. 효율적이지? **예쁘기만** 한 게 아니라 **머리도 좋다**니깐. **소켓토. 우리 똑똑한 소켓토.** 우동을 먹은 후에는 아침 식기와 어제 저녁 식기를 설거지해. 소켓토는 전날 **저녁에 쓴 식기를 물에 담가두거든.** 정말 똑똑하다니깐. 분명 좋은 아내가 될 거야. 소켓토는 그 후 목욕을 해. **아침에 목욕을 한다고.** 깨끗한 걸 좋아하는 것 같아. **밤에도 목욕하고, 아침에도 목욕하지.** 그래서 피부가 깨끗한 것 같아. 목욕을 한 후 세탁물을 바구니에 넣어서 세탁해. **바로 이게 중요해.** 그녀는 **세탁물이 생기면 바로 빨아.** 그래서 엄청 곤란하다니깐. 아니, 딱히 곤란하지 않아. 응. 딱히 곤란한 건 아니라고. 아니, 곤란…… 역시 곤란하지 않아. **왜냐면 나는 켕길 만한 짓은 안 하거든.** 세탁이 끝난 후 소켓토는 **산책**을 하러 가. 정말 건강미인이라니깐. 한동안 산책을 한 후 소켓토는 가게에 가거든? 그 후에는 너희도 알다시피, 우선 가게 **청소**를 시작해. 정말 깨끗한 걸 좋아한다니깐. 그리고 집안일도 잘하는 것 같아. 한동안 청소를 한 후 가게에 틀어박혀서 나오지 않아. 분명 가게 안에서 심심해하고 있을 거야. 돈만 있으면 내가 매일같이 찾아갈 텐데 말이야. 그 후 손님이 오지 않아서 심심한지 가게 밖에 나와. 그리고 **스트레칭**을 하거나, 손님이 오지 않는지 보려고 **주위를 두리번 두리번**거려. 귀엽지? **예쁠**뿐만 아니라 **귀엽기까지** 하다니, 완전 반칙이야. **소켓토. 우리 귀여운 소켓토.** 그 후에는 가게를 닫고 어딘가로 가. 가게를 내팽개치고 말이야. 이런 **자유분방**한 점도 멋져. **자유** 그 자체라고나 할까? 나도 자유를 칭송하는 백수잖아. 그런 점에서 볼 때 **궁합도 끝내줄** 거라고 생각해. 뭐, 그건 그렇고, 이 시간대에 나갔다면 소켓토는 **두 시간 후에야** 돌아올 거야. 그때까지 이대로 기다리는 것도 괜찮을 것 같은데 말이야.

……어떻게 할래?

눈을 반짝이면서 지나치게 농후한 정보를 제공했다.

"……마, 마치 항상 지켜보고 있는 듯한 발언이네요. 살짝 질렸어요. ……어째서 그렇게 자세하게 알고 있는 거죠?"

"그야 틈만 나면 여기에 와서 조사하기 때문이지. 그리고 자랑은 아니지만 나는 이 마을 사람들 중에서 가장 한가해."

진짜로 자랑은 아니었다.

아니…….

"그, 그건 스토킹—."

"어이쿠, 융융. 함부로 그런 소리를 하면 아무리 족장의 딸이라도 용서 안 할 거야."

이 남자, 그냥 등 뒤에서 덮친 후 땅에 묻어버리는 편이 나을지도 모른다.

"아무튼 소켓토가 없으면 어쩔 수 없죠. 오늘은 이만 끝내죠."

내가 그렇게 말하자 융융은 고개를 끄덕였다. 하지만…….

"걱정하지 마. 소켓토가 어디로 갔을지 짐작이 되거든."

붓코로리는 자신만만한 목소리로 그렇게 말했다.

"—진짜로 여기 있군요."

"응……."

소켓토가 여기에 있다는 걸 기뻐해야 할까. 아니면 이런 것까지 알고 있는 붓코로리를 신고하는 편이 좋을까.

붓코로리에게 안내를 받아 이곳에 온 우리는 복잡한 심경으로 잡화점 안에서 상품을 둘러보는 소켓토를 멀찍이서 쳐다보았다.

"어때? 나도 할 때는 하는 남자야. 이 정도 조사는 식은 죽 먹기라고."

그러니까 이건 조사가 아니라 스토킹…….

"……뭐, 아무튼 지금은 밖에 있네요. 지금이라면 저희가 말을 걸어도 부자연스럽지 않을 거예요. 융융과 둘이서 은근슬쩍 어떤 타입의 남성을 좋아하는지 물어볼게요. 가죠, 융융. 제 말에 맞춰주세요."

"알았어. 빨리 가서 이딴 일은 끝내버리자."

나는 피곤한 눈빛의 융융을 데리고 소켓토가 있는 잡화점에 들어갔다.

"아, 융융. 이것 좀 보세요. 정말 귀엽지 않나요?"

"귀, 귀엽네! 이런 걸 좋아하는 사람이 준다면, 분명………… 아앗?! 잠깐만, 이 드래곤이 새겨진 목도 말이야?!"

자연스럽기 그지없었던 나와 달리 융융은 어이없는 실수를 저질렀다.

(융융, 말 좀 잘 맞춰봐요!)

(하, 하지만, 메구밍의 감성이 너무 이상하단 말이야! 방

금 그 말에는 도저히 동의할 수 없어!)

내가 융융과 소곤소곤 이야기를 나누고 있을 때 내 옆에 있던 소켓토가 입을 열었다.

"어머, 귀엽네. 목도에 새겨진 드래곤도 멋져. 마을을 돌아다닐 때 허리에 차고 있으면 정말 잘 어울릴 거야."

"예?!"

소켓토가 그렇게 말하자 융융은 깜짝 놀랐다.

"그렇죠? 실용성과 귀여움을 겸비한 멋진 아이템이라고 생각해요. ……그런데 소켓토. 은근슬쩍 묻는 건데, 어떤 타입의…… 유, 융융, 뭐하는 거예요?!"

내가 자연스럽게 소켓토의 남자 취향에 대해 물어보려고 한 순간 융융이 내 팔을 잡아당기며 방해했다.

(하나도 은근슬쩍이 아니라구! 그것보다 내 센스가 이상한 거야?! 역시, 내가 이상한 거야?! 이런 목도의 어디가 귀여운 건지 전혀 모르겠어!)

(융융의 센스는 항상 이상해요. 고양이에게 쿠로 같은 이상한 이름을 붙인 것부터……, 아앗!)

우리가 소곤거리고 있는 사이 쇼핑을 끝낸 소켓토는 가게 밖으로 나갔다.

"분위기 좋았는데 왜 방해하는 거예요!"

"그렇지만! 그렇지만!!"

우리가 말다툼을 하고 있을 때 붓코로리가 다가왔다.

"둘 다 뭐하고 있는 거야! 소켓토가 가버렸잖아!"

"거의 성공하기 일보 직전이었는데, 융융이 방해했어요. 그리고 항상 단검을 들고 다니는 위험인물이 왜 목도를 싫어하는 거죠?! 자, 언제까지 투덜거리고 있을 거예요! 빨리 쫓아가죠!"

"내 멋진 단검을 저런 목도와 똑같이 취급하지 마!"

"둘 다 말다툼은 나중에 해!"

—기분이 꽤 좋아 보이는 소켓토는 아까 귀엽다고 말했던 목도를 쥔 채 우리 앞에서 걷고 있었다.

"목도를 쥐고 있는 소켓토도 장난꾸러기 같아서 귀여워……."

"내 눈에는 위험인물처럼 보이는데요."

나는 다른 두 사람의 중얼거림을 들으면서 목도를 한 손으로 휘두르고 있는 소켓토를 관찰했다.

우리는 현재 붓코로리의 마법으로 모습을 감춘 채 소켓토의 뒤를 쫓고 있었다.

"아무래도 저 목도가 마음에 든 것 같네요. 나무에서 떨어지는 나뭇잎을 베려고 하잖아요. 수행 같은 거라도 하는 걸까요?"

우리가 뒤편에서 쳐다보고 있다는 사실을 알 리가 없는 소켓토는 낙엽이 달린 나무줄기를 목도로 때리거나 발로 걷어차고 있었다.

"저, 저기, 소켓토 씨의 어디가 그렇게 마음에 든 거죠? 붓코로리 씨의 눈에는 나무를 걷어차는 저 모습도 괜찮아 보이는 건가요?"

"얼굴이야. 내가 마음에 든 건 소켓토의 얼굴과 몸매라고. 그리고 미인이라서 그런지 저런 모습도 귀여워 보여."

한 치의 주저 없이 시원시원하게 들리는 붓코로리의 발언을 듣고 융융이 입을 다문 가운데 나는 문뜩 생각했다.

"붓코로리. 지나가던 척 하면서 은근슬쩍 소켓토를 도와주는 건 어떤가요? 저 나무에 바람 계열 마법을 날려서 나뭇잎을 떨어뜨리면 그녀의 수행에 도움이 될 거예요."

"바로 그거야! 역시 홍마족 제일의 천재! 메구밍은 머리가 좋구나!"

"앗! 저, 저도 붓코로리 씨가 여성에게 사랑받을 방법이 생각났어요. 예를 들자면 그 부스스한 머리를 어떻게 한다든가, 우선 일자리를……."

붓코로리는 라이벌 의식을 불태우고 있는 융융의 말은 들은 척도 하지 않았다. 그는 모습을 감춘 상태에서 소켓토에게 살금살금 다가갔다.

그리고……!

"『토네이도』!"

붓코로리가 일으킨 회오리에 휩쓸린 소켓토는 하늘 높이 날아올라갔다—.

"—바보 아니에요? 바보 아니에요?!"

"묻어버리죠. 이 백수를 확 묻어버리죠!"

소켓토가 무사하다는 사실을 확인한 후 허둥지둥 도망친 우리는 붓코로리의 목을 졸라댔다.

"기다려! 두 사람 다 진정해! 그리고 목소리 좀 낮춰! 들키면 어쩌려고 그래!"

하늘 높이 날려갔던 소켓토는 멀리 떨어진 곳에서 봐도 알 수 있을 만큼 얼굴이 새파랗게 질렸다. 하지만 바람 마법을 사용해 어찌어찌 균형을 잡으면서 지상에 착지했다.

그리고 방금 마법을 쓴 범인을 찾고 있는지 붉은 눈동자로 주위를 두리번거리고 있었다.

우리 주위의 공간은 붓코로리의 마법에 의해 빛이 굴절되고 있었다. 그러니 큰 목소리를 내지 않으면 들키지 않을 것이다.

그런 와중에 융융은 붓코로리의 멱살을 양손으로 잡더니 작은 목소리로 따졌다.

"소켓토 씨를 좋아하는 것 아니었어요?! 그런데 왜 그런 치명적인 마법을 날린 거죠?!"

"아, 아냐! 나는 상급 마법만 쓸 줄 알기 때문에 위력을 조절할 수 없다고……! 그리고 처음에는 떨어진 곳에다 마법을 사용해 나뭇잎만 날릴 생각이었어! 하지만 알게 됐어! 소켓토 근처를 향해 바람 마법을 쓰면, 치마가……."

"묻어버리죠."

"응. 묻어버리자."

"잠깐만! 부탁이야. 내 말 좀 들어줘!"

우리가 바보 같은 짓을 하는 사이, 소켓토는 분한 표정을 지으면서 뒤돌아서더니 멀어져가기 시작했다.

아무래도 범인 찾는 것을 단념한 것 같았다.

"휴우……. 아무튼 그녀가 무사해서 다행이야. 그리고……. 그녀가 좋아하는 색을 안 건 큰 수확이지."

그 말을 들은 순간 우리는 한 목소리로 말했다.

""소켓토 씨!""

"하, 하지 마―!"

5

―점심시간이 다 되었다.

빨리 돌아가서 코멧코와 함께 점심을 먹고…….

"기다려! 두 사람 다, 나를 버리지 마!"

밀린 세탁물을 빨고 나서 오래간만에 놀아준 후―.

“부탁이야. 무시하지 마! 너무하잖아. 너희 탓에 소켓토를 따돌리느라 얼마나 고생했는지 앎아?! 까딱 했으면 내 얼굴을 보여줬을 거야!”

같이 목욕을 하는 김에 겸사겸사 그 털북숭이도 씻겨줘야지…….

“부탁이야아아앗! 도와달라고오오! 아아아아아아!”

“아까부터 정말 시끄럽네요! 따라오지 마세요. 저희도 스토킹할 생각인가요? 이제 그만 포기하고 다른 상대를 찾아보는 편이 좋을 거예요.”

“메구밍의 말대로 이제 단념하세요. ……그러고 보니 홍마의 마을 근처에서 안락소녀라는 귀여운 몬스터가 출몰한대요.”

“왜 나한테 그런 정보를 가르쳐주는 거야! 몬스터로 만족하라는 거야?! 얌전해 보이는 얼굴로 무시무시한 소리를 하네!”

스토커가 그딴 소리를 하면서 집으로 돌아가려 하는 우리 앞을 막아섰다.

—소켓토를 겨우 따돌린 붓코로리는 아까부터 계속 우리를 따라오고 있었다.

“……하아. 아무리 부탁해봤자 소용없어요. 저희도 한가하지는 않다고요. 백수와 달리 학생에게 있어 휴일은 정말 귀중한 시간이란 말이에요.”

"그래도 부탁해! 점심 사줄게!"

붓코로리는 기도를 하듯 양손을 모으더니 우리를 향해 연신 고개를 숙였다.

"애도 아니고 그런 거에 낚일 리가 없잖아요. 안 그래? 메구밍…… 어?"

융융은 붓코로리를 넙죽넙죽 따라가는 나를 보며 경악했다.

"우선 배라도 채우면서 작전회의를 할까요."

"저기, 메구밍?! 진짜 그래도 되겠어?! ……나, 나도 도울 테니까 두고 가지 마~!"

—우리는 마을에 하나 밖에 없는 카페에 왔다.

"즉, 중요한 건 계기를 만드는 거라고 생각해요."

나는 새끼 양고기 샌드위치를 먹으면서 손가락을 세웠다.

붓코로리는 나와 융융이 점심을 먹는 모습을 배고픈 얼굴로 쳐다보고 있었다.

우리 식사비를 내주기로 한 이 백수는 자신의 점심을 살 돈이 없는 것 같았다.

""계기?""

"그래요. 현재 소켓토와 붓코로리는 접점이 하나도 없죠? 그렇다면 우선 지인이 될 계기를 저와 융융이 만들어줄게요. 사실 매일 같이 찾아오는 단골손님으로서 친해지는 게 가장 좋을 거예요. 하지만 수입이 없는 붓코로리에게는 무리겠죠. 그러니 만날 계기 정도는 저희가 만들어줄게요."
"아, 알았어!"
"저기, 어떻게 그 계기라는 걸 만들 거야? 좋은 생각이라도 있어?"
융융이 묻자, 식사를 마친 나는 주스를 다 마신 후 대답했다.
"그건 간단해요. 우선 복면 같은 걸 쓴 융융이 단검을 들고 소켓토를 덮치는 거예요. 그리고 지나가던 붓코로리가……."
"바로 그거야!"
"싫어! 바보 아냐?! 바보 아니냐구!!"
우리가 카페에서 시끄럽게 떠들어대자 카페 주인이 말했다.
"아까부터 소켓토의 이름이 자주 들리던데 그 애한테 무슨 볼일이라도 있는 거야? 소켓토라면 목도를 들고 숲에 들어갔어."
"아, 딱히 볼일이 있는 건……. ……숲?"
카페 주인이 그렇게 말하자 나와 융융은 무심코 서로를 쳐다보았다.
우리의 의도를 눈치챈 건지, 눈치채지 못한 건지는 모르겠지만…….
붓코로리는 자랑하듯—.

그래. 소켓토는 숲에 들어갔구나. 아마 **평소 일과**를 하러 간 걸 거야. 그녀는 **수행을 좋아하거든.** 혼자서 숲에 들어가 **몬스터를 사냥**하고 다녀. 좋아하는 사냥감은 파이어 드레이크. 파이어 드레이크를 얼린 후 쿡쿡 웃는 거야. 역시 **나와 같은 취미를 가지고 있는 것 같아.** 나는 백수잖아. 그래서 매일 시간이 남아돌아. 남아돈다고. 그래서 얼음을 만든 후 그게 녹는 모습을 지그시 쳐다보곤 해. 그러다 보면 하루가 훌쩍 지나가지. 소켓토도 분명 나와 같은 취미를 가지고 있는 거야. 안 그래? 뭐, 아무튼 소켓토는 **매일 숲에 들어가서 수행**을 해. 소켓토가 싸우는 모습은 **엄청 화려**하다고. **전격 계열 마법**을 주로 사용하는 것 같아. 전격은 겉보기에도 아름답잖아. 아름다운 소켓토에게 잘 어울린다고 생각해. 아, 미안. 또 이야기가 옆으로 샜네. **아무튼 이 시간에 숲에 들어갔다면 수행하러 간 게 틀림없어.** 그녀의 레벨은 슬슬 50에 근접했을 거야. 대단하지? 레벨 50이나 된 사람은 홍마족 안에도 거의 없어. 초일류 모험가급이야. **아름답고, 귀여운데다, 강하기**까지 하다니 완전 반칙이야. **소켓토, 강하고 멋진 소켓토.** 소켓토는 전투 중에도 예쁘지만, 전투가 끝난 후의 소켓토는 완전 **끝내줘.** 왜냐면 **땀**에 젖은 **아름다운 흑발**이 **새하얀 볼**이나 **목덜미**에 딱 붙어있거든. 그건 완전 반칙이야. 반칙 그 자체라고. 내가 **하악하악**거리는 것도 무리는 아냐. **소켓토가 책임을 져야 한다니깐.** 일단 그건 좀 제쳐두고, 뭐, 제쳐두고 싶지 않지만, 지금은 일단 제쳐두자고. **아무튼 이 시간에 숲속으로 들어갔다면 수행을 하러 간 게 분명해.** 틀림없어. 분명 지금쯤 아하하하하 하고 웃으면서 일격곰을 쫓아다니거나, 파이어 드레이크의 다리만 얼리면서 즐거워하고 있을 거야. 보고 싶지? 보고 싶을 거야. 아니, 빨리 보러 가자. 응, 그래. 보러 가자. 그리고 소켓토가 웃는 모습을 함께 감상하자. 그러자. 응, 그러자고!

"완전 질렸어요. 그런 무시무시한 개인정보는 아무래도 상관없어요. 그것보다……! 아까 저희가 숲에 들어갔을 때, 일격곰이 무리를 지어 다니고 있었죠? 요즘 몬스터들의 상태가 이상하다잖아요. 그런 곳에 소켓토는……."

"자, 잠깐만, 그거, 괜찮은 거야?! 이상한 몬스터가 목격되었다는 소리도 있으니까, 마을 사람들을 부르는 편이……."

나와 융융이 그런 이야기를 하는 가운데 붓코로리는 낮은 목소리로 뭐라고 중얼거리면서 자리에서 일어났다.

"가야만 해……."

마치 히로인이 핀치에 처했다는 사실을 안 주인공처럼 말이다.

"부, 붓코로리…… 씨……?"

그런 붓코로리를 본 융융이 깜짝 놀란 표정을 지었다.

"나, 숲에 가볼게! 빨리 소켓토를 찾아야해……!"

그 말을 들은 융융의 표정이 밝아졌다.

"그, 그래요! 바로 그거예요! 붓코로리 씨, 지금 엄청……!"

감격한 융융이 주먹을 말아 쥐면서 말을 잇는 가운데—.

"어쩌면 소켓토도 일격곰 무리와 마주칠지도 몰라……! 바로 그때, 내가 바람같이 나타난다면? 그리고 핀치에 처한 소켓토를 구한다면? 그러면 나보고 안아달라고 하지 않을까?! ……응? 융융, 방금 무슨 말을 하려고 하지 않았어?"

"아뇨. 그냥 일격곰에게 물어뜯기면 좋겠다고 생각했을 뿐이에요."

6

우리가 다시 숲에 들어가 보니 아까와는 분위기가 달랐다.

"……이게 대체 어떻게 된 거죠? 마치 이곳에서 격렬한 전투가 벌어졌던 것 같은데요."

숲 입구에는 전투의 흔적이 존재했다.

불꽃 혹은 전격 계열 마법을 사용했는지 주위에 있는 나무가 타버렸다.

그리고 검게 탄 나무들의 중앙에는 머리에서 연기가 피어오르고 있는 일격곰 사체가 굴러다니고 있었다.

"나무에서 아직 탄내가 나. 이 마법을 쓴 사람은 아직 근처에 있을 거야."

전투 흔적을 관찰한 붓코로리가 그렇게 말하더니 경계심을 품은 채 앞장섰다.

"그런데 짐밖에 안 되는 저희가 따라올 필요가 있었을까요? 일격곰이 나타나더라도 저희가 할 수 있는 거라고는 비명을 지르면서 도망치는 것뿐인데요."

"맞아. 솔직히 말해 돌아가고 싶은데……."

"무슨 소리를 하는 거야. 나 혼자서 소켓토를 만나봤자 제대로 대화를 나누지 못할 거라고. 자랑은 아니지만 나는 비슷한 또래 여성과는 제대로 이야기조차 나누지 못한단 말이다."

"지금은 커뮤니케이션 장애가 있다는 소리나 할 때가 아니잖아요. 융융도 뭐라고 말 좀……. ……융융?"

"읏?! 왜, 왜 그래?"

커뮤니케이션 장애라는 말을 듣고 화들짝 놀란 융융이 내 시선을 피했다.

……그러고 보니 이 자리에는 커뮤니케이션 장애인 사람이 한 명 더 있었지.

—바로 그때였다.

"……번개 마법?"

이곳에서 그렇게 멀지 않은 장소를 향해 하늘에서부터 한 줄기 빛이 떨어졌다—.

"『라이트닝 스트라이크』!"

힘찬 목소리가 들린 순간 하늘이 한순간 빛났다. 그리고 다음 순간 나뭇가지 사이로 굉음을 내면서 번개가 떨어졌다.

그 번개에 정통으로 맞고 머리에서 연기가 피어오르고 있는 일격곰은 그대로 무너지듯 쓰러졌다.

낙뢰가 자아낸 굉음에 짐승 특유의 본능이 반응했는지

일격곰 무리가 몸을 부르르 떨면서 딱딱하게 굳었다.

그 무리의 중앙에는 붉은 눈동자를 지닌 한 여성이 있었다.

목도를 쥔 채 눈을 반짝이고 있는 소켓토는 환한 표정으로 마법을 영창하고 있었다.

"『라이트닝 스트라이크』!"

숲 입구의 나무를 태운 것도 이 마법이리라.

소켓토의 목소리가 울려 퍼진 순간 하늘에서 뿜어져 나온 빛줄기가 꼼짝도 못하고 있는 일격곰의 정수리에 꽂혔다.

그 번개에 의해 또 한 마리의 일격곰이 쓰러진 순간 붓코로리가 나섰다.

그 표정은 한심한 백수와는 거리가 멀었다.

좋아하는 사람을 지키려 하는, 어엿한 홍마족다운 표정이었다.

붉은색 눈동자를 반짝이고 있는 붓코로리는 기합을 잔뜩 넣으며 영창한 마법에 방대한 양의 마력을 주입했다.

그리고 우리를 발견하고 행동을 개시한 일격곰 무리를 향해—.

"지옥의 업화여! 미쳐 날뛰어라! 『인페르노』!"

최고위 화염 마법을 전력을 다해 날렸다—!

……소켓토까지 휘말리게 하면서 말이다.

"소소, 소켓토 씨~!"

"이 백수, 대체 무슨 짓을 하는 거예요?! 빨리! 빨리 구해야 해요……?!"

불꽃이 일격곰 무리뿐만 아니라 나무들도 순식간에 태워버리는 가운데, 몸 주위를 얇은 물의 막으로 감싼 소켓토가 우리를 향해 걸어왔다.

아무래도 순식간에 물 속성 방어 마법을 펼쳐서 자신의 몸을 감싼 것이리라.

"무, 무사해서 다행이야……!"

"동감이에요! 심장이 멎는 줄 알았다고요……! 붓코로리, 이 불꽃 좀 어떻게 해보세요! 숲 전체가 타버릴 것 같다고요!"

내 말을 들은 붓코로리는 허둥지둥 물 속성 마법으로 불을 껐다.

평소에는 한심한 백수지만 그래도 상급 마법을 습득한 홍마족다웠다.

붓코로리가 전력을 다해 날린 화염 마법은 일격곰 무리를 전멸시켰다.

곳곳에 불씨가 남아있는 가운데 물로 된 피막을 해제한 소켓토는 희미하게 젖은 눈길로 붓코로리를 쳐다보았다.

아까까지의 전투 때문일까 아니면 다른 의미가 담겨 있는 걸까.

소켓토는 볼을 붉힌 채 무슨 말을 할지 고민하고 있었다.

긴장한 듯한 붓코로리는 소켓토와 마찬가지로 볼을 붉힌

채 소켓토와 마주섰다.

하지만 아까 조금 멋졌던 백수는 이 중요한 순간 다시 얼간이로 돌아간 것 같았다.

너무 긴장한 나머지 패닉 상태에 빠진 그는 무슨 말을 해야 할지 감이 오지 않는 것 같았다.

"……붓코로리가 소켓토에게 할 말이 있대요."

""""읏?!""""

내가 도움의 손길을 내밀자 다른 세 사람이 숨을 삼켰다.

융융은 새빨개진 얼굴로 상황을 지켜보고 있었고…….

붓코로리는 무슨 소리를 하냐는 표정을 지으며 당황했다.

그리고—.

"이런 우연도 다 있네, 붓코로리. 실은 나도 당신에게 하고 싶은 말이 있어."

소켓토가 그런 뜻밖의 말을 하자 나와 융융은 물론이고 붓코로리까지 경악했다.

"그그, 그 말은……! 저기, 혹시……!"

"응. 분명 나와 당신은 같은 심정일 거야."

소켓토는 그렇게 말하면서 부드러운 미소를 지었다.

미인인 소켓토가 미소 짓자 붓코로리는 토마토처럼 얼굴을 새빨갛게 붉혔다.

위험한 상황에서 도움을 받았기 때문일까.

공포를 느끼는 상황에서 함께 있었던 사람을 좋아하게 된다는 흔들다리 효과의 이야기를 들은 적이 있는데, 그런 걸까?

백수 따위가 마을 제일의 미인의 마음을 사로잡은 게 납득이 되지 않았지만 볼을 붉힌 채 눈을 반짝이는 융융을 보니 잘된 것 같았다.

각오를 다지듯 주먹을 말아 쥔 붓코로리가 소켓토를 향해—!

"나, 나는 전부터 소켓토를……!"

"그렇게 내가 싫다면 빨리 말해주지 그랬어. 이 숲 안이면 괜찮겠네. 당신도 나처럼 숲에서 수행만 한다고 들었어. 싸울 맛 좀 나겠는데. ……자, 결투하자!"

………….

""""어?""""

소켓토 이외의 세 사람은 동시에 당황했다.

"대체 내 어디가 마음에 안 드는 건지 모르겠지만 말이야! 전부터 내 뒤를 쫓아다니는 건 알고 있었지만 오늘은 심했어! 마을 안에서 토네이도로 죽이려는 걸로 모자라, 이번에는 몬스터에 둘러싸여 무방비한 나에게 인페르노로 기습을 해……?! 후훗, 꽤 하네. 수많은 몬스터를 상대해왔지만 나를 이렇게까지 궁지에 몰아넣은 건 당신이 처음이야!"

소켓토는 목도를 쥔 손에 더욱 힘을 줬다.

"아아아아, 아냐~! 아니라고! 그건 오해야! 방금 그 마법도 몬스터에게 포위당한 소켓토를 구하려고……! 휘말리게 한 건 미안해! 아까는 정신이 없어서 그랬어!"

붓코로리가 새파랗게 질린 얼굴로 손을 내젓자 소켓토는 목도를 움켜쥔 손에서 힘을 빼면서 미간을 찌푸렸다.

"……. 그럼 아까 전의 토네이도 마법은 뭐야? 모습을 감췄지만 범인이 당신이라는 건 알고 있어. 나를 몰래 쫓아다니는 사람은 당신뿐이거든."

"그건, 그러니까……!"

붓코로리는 도움을 요청하듯 우리를 쳐다보았다.

우리는 그런 붓코로리를 손가락으로 가리켰다.

""치마를 들추려고 그랬다고 아까 말했어요.""

목도를 치켜든 소켓토가 붓코로리에게 달려들었다.

7

연보라색 천이 곳곳에 걸린 가게 안에서 소켓토는 어이없다는 목소리로 말했다.

"너희도 정말 고생이 많았겠네. 저 변태가 억지로 끌고 다녔지?"

숲에서 돌아온 우리는 소켓토의 가게에서 붓코로리를 치료해주고 있었다.

"어이, 변태는 너무 심하잖아. 음흉한 마음으로 그런 짓을 한 건 아냐. 홍마족 여성들이 어떤 색을 좋아하는가, 라는 마법사로서의 순수한 지적 탐구심……. 잘못했습니다. 음흉한 마음으로 그랬습니다. 그러니 그 목도 좀 빨리 내려놔주세요."

소켓토가 벽에 기대어놓은 목도를 향해 손을 뻗자, 겁먹은 붓코로리는 치료를 받으면서 허둥지둥 그렇게 말했다.

목도를 든 소켓토에게 마구 쫓겼던 이 변태는 현재 융융에게 치료를 받고 있었다.

소켓토는 그 모습을 쳐다보면서 땅이 꺼져라 한숨을 내쉬었다.

"……하아. 숲에 들어가 돈을 벌려고 할 정도로 점이 보고 싶었다면 그냥 말하지 그랬어. 그럼 처음 한 번 정도는 서비스해줬을 거야."

"정말?!"

—결국 이 겁쟁이 백수는 숲에 들어간 진짜 이유도 말하지 못했다.

점을 봐줬으면 하는 게 있어서 점값을 벌려고 숲에 들어갔다는 거짓말을 한 것이다.

그러다 몬스터에게 포위당한 소켓토를 구하기 위해 마법을 썼다고 말했다.

"토네이도 마법은 절대 용서 못하고 숲에서도 까딱 했으면 타죽을 뻔 했지만, 일단 마물들로부터 나를 구하려다 그렇게 된 거잖아. 뭐, 딱 한 번만이야. ……그런데 뭘 점쳐줬으면 하는 거야?"

소켓토는 방 안쪽에서 수정 구슬을 가지고 오더니 그것을 붓코로리를 향해 들었다.

"그, 그게, 그러니까……. 내 미래의 여친……, 아니, 아내……, 아냐, 나를 좋아해주는 사람? ……으으, 뭐로 하지?!"

붓코로리는 느닷없이 원래 목적을 망각했다.

그 모습을 보고 어이없다는 표정을 지은 소켓토는 귀찮다는 듯이 수정 구슬을 향해 손을 내밀었다.

"그러니까 미래의 연인이 누구인지 알고 싶은 거네. 이 수정 구슬 안에는 당신과 장래에 맺어질 가능성이 높은 여성의 모습이 비칠 거야. 미래란 얼마든지 변할 수 있어. 그러니 여기 비친 사람이 반드시 당신의 연인이 될 거라고는 볼 수 없지만……, 아, 슬슬 보일 거야……!"

소켓토의 수정 구슬이 옅은 빛을 뿜기 시작했다.

이윽고 빛이 잦아들자, 그 수정 구슬에는……!

"……아무 것도 안 보이는데?"

"어, 어머?!"

토네이도 마법으로 하늘로 날려갔을 때조차 차분하게 행동했던 소켓토가 깜짝 놀란 표정을 지으면서 수정 구슬을 흔들어댔다.

"자, 잠깐만 기다려. 어떻게 된 거지? 이럴 리가 없는데……. 그 누구라도, 적어도 한 명 정도는 모습이 보여야 정상인데……!"

"그런 가슴에 못 박는 말은 당사자가 안 듣는 데서 해."

수정 구슬에 아무 것도 비치지 않는다는 것은 붓코로리와 소켓토가 맺어질 가능성은 눈곱만큼도 없다는 사실을 뜻했다.

그 사실을 안 붓코로리가 울상을 짓자 소켓토는 연민에 찬 눈길로 그를 쳐다보았다.

"……저기, 걱정하지 마. 내 점이 반드시 맞는 건 아니니까……. 내가 어릴 적에 날씨를 점쳐서 흐림이라는 결과가 나왔는데 50퍼센트 정도 확률로 소나기가……."

"그만해! 점술의 정확도를 자랑하는 건지 위로하는 건지 알 수가 없거든?! 그냥 딱 잘라 거절당하는 것보다 대미지가 크다고!"

그런 두 사람에게서 조금 떨어진 곳으로 이동한 나와 융융은 소곤소곤 이야기했다.

"아무리 백수라고 해도 불쌍하네요. 아무것도 비치지 않는다는 건 아까 융융이 농담 삼아 이야기했던 여자형 몬스터, 안락소녀조차도 상대를 해주지 않는다는 걸지도……."

"어, 어쩌지? 나, 이렇게 심각할 줄은 몰랐어……."

"너희가 하는 말도 다 들리거든?! 그딴 이야기 할 거면 좀 더 작은 목소리로 해!"

—붓코로리가 울먹거리면서 가게를 나간 후…….

"그러고 보니 오늘 날린 두 발의 마법은 그렇다 쳐도, 평소에 나를 따라다닌 이유를 묻는다는 걸 깜빡했네. 점술 결과가 너무 충격적이라서 말이야."

"그건……. 붓코로리를 위하는 마음이 조금이라도 있다면 묻지 말고 넘어가 주세요."

소켓토는 내 말을 듣더니 고개를 갸웃거렸다.

울먹거리면서 아픈 몸을 이끌고 돌아가는 붓코로리의 뒷모습을 쳐다보면서…….

"구제불능이기는 해도 꽤 재미있는 사람인데 말이야. 정말 이상하네……."

소켓토는 그렇게 말하면서 손바닥 위의 수정 구슬을 만지작거렸다.

8

소켓토의 가게에서 나와서 돌아가던 도중…….

"결국 잘 안 됐네. 뭐, 붓코로리 씨가 진짜로 소켓토 씨와 잘되고 싶다면, 먼저 일자리부터 구해야 할 것 같지만……."

"애초에 너무 어울리지 않았어요. 이웃사촌이라 붓코로리와는 어릴 적부터 알고 지냈는데, 그 남자는 뼛속까지 썩어

빠진 구제불능이거든요."

옆에서 걷던 융융이 내 말을 듣고 고개를 돌렸다.

"그러고 보니 메구밍에게는 오빠 같은 사람이겠네. ……저, 저기, 소꿉친구 같은 사이지? 그럼 메구밍도 붓코로리 씨에게 조금은 정이……."

"눈곱만큼도 없어요."

나는 뭔가를 기대하고 있는 융융에게 주저 없이 그렇게 말했다.

"그, 그렇구나……. 저, 전부터 생각했던 건데, 메구밍에게는 식욕 밖에 없는 거야? 멋진 연인을 가지고 싶다, 같은 감정은 없어?"

"저에게는 해야만 하는 일이 있어요. 사랑 놀음이나 하고 있을 수는 없다고요."

딱 잘라 말했지만 융융은 물러서지 않았다.

"하, 하지만 메구밍은 언젠가 모험가가 될 거지? 모험가라면 파티 멤버와 함께 생활하면서, 도움을 주고받는……!"

"확실히 모험가는 파티 멤버와 결혼하는 경우가 많다고 들었지만……. 뭐, 저는 그렇게 되지 않겠죠."

"딱 잘라 말하네. 하긴, 메구밍이 얼굴을 붉힌다든가, 누군가와 사귀는 모습은 전혀 상상이 되지 않지만……."

그런 이야기를 하는 사이, 집 앞에 도착했다.

"아무튼 제가 누군가를 좋아하게 된다면……. 그 상대는 분명, 그 누구에게도 지지 않을 만큼 강하고 멋진 용사 같은 사람일 거라고 생각해요."

"메구밍이라면 왠지 평범한 사람과 결혼할 것 같은데 말이야……."

융융과 헤어진 후 집에 들어가 보니—.

"다녀왔어요~."

"언니, 어서 와!"

쿠로를 안아든 코멧코가 뛰어왔다.

아마 내가 자리를 비운 동안 실컷 장난감 취급을 당했는지 축 늘어진 쿠로가 고개를 숙인 채 코멧코에게 안겨 있었다.

"언니, 밥 먹자! 맛있는 게 잔뜩 있어!"

……맛있는 게 잔뜩 있어?

"그게 어디서 난 거죠? 또 먹을 걸 받아온 건가요?"

"붓코로리가 가지고 왔어. 커서 미인이 되면 자기한테……."

코멧코가 말을 끝까지 잇기도 전에 집을 뛰쳐나간 나는 그대로 신발가게에 쳐들어갔다.

막간 극장【3막】

─홍마족 제일의 마성의 여동생─

두 번째 퍼즐이 풀렸다.

"……나는 홍마족이 싫다."

"나도 홍마족인데?"

"…………너 이외의 홍마족이 정말 싫다."

나와 호스트는 새롭게 등장한 세 번째 퍼즐 앞에서 몸을 웅크리고 있었다.

"아, 무리야. 역시 내가 푸는 건 무리야. 아니, 솔직히 이건 너한테도 무리 아냐? 어린애가 풀 수 있는 레벨이 아니라고."

"무리라는 말을 듣고도 해내야 어엿한 홍마족이라고 언니가 말했어."

나는 지면에 엎드린 후 발을 앞뒤로 흔들면서 퍼즐을 풀었다.

"어이, 버릇없게 뭐하는 거야. 바닥은 진흙 범벅이라고. 하아……."

호스트가 로브 자락에 묻은 진흙을 털어줬지만 퍼즐에 집중한 나는 전혀 개의치 않았다.

"……뭐야. 꽤 순조롭게 풀고 있잖아! 이거 혹시 해내는 거 아냐? 잠깐만. 왜 그래? 여기서부터 어려운 거야?"

나는 순조롭게 풀던 퍼즐을 지면에 놓은

후 눈을 감으며 말했다.

"질렸어!"

"부탁드립니다, 코멧코 양! 여기까지 와서 이러는 건 좀 아니잖아! 배고프냐?! 배고픈 거지?! 내가 맛있는 걸 구해 올 테니까 기다리고 있어!"

그 말을 듣고 몸을 일으킨 나는 다시 퍼즐을 풀기 시작했다.

"조, 좋아! 열심히 하고 있어! 금방 사냥감을 잡아올게!"

그렇게 말한 호스트는 날개를 펄럭이면서 날아오르려고 했다.

"앗! 나도 같이 갈래! 태워줘!"

"머, 멍청아! 너 같은 꼬맹이를 어떻게 숲에 데리고 가냐! 너 같은 꼬맹이는 몬스터에게 바로 잡아먹힐 거라고!"

"따라 갈래! 따라 갈 거라구! 호스트는 강하니까 괜찮잖아!"

"뭐, 나는 강하지! 내가 숲에 들어가기만 해도 몬스터들이 도망갈 정도니까 말이다!"

"호스트 님, 멋져!"

—호스트는 나를 데리고 가기로 했다.

"—하아…… 하아……! 너, 너어, 너무 버둥거리지 마! 까딱 했으면 추락할 뻔 했다고!"

"엄청 큰 도마뱀이 있어! 호스트, 저거! 저 도마뱀 잡아줘!"

"내 말 좀 들어라!"

호스트는 나를 안아든 채 숲으로 왔다.

"……하아. 거 봐라, 코멧코. 네가 큰 목소리를 내니까 도망쳤잖아. 웬만한 몬스터는 나정도 되는 악마의 기척만 느껴도 바로 도망치지. 네 먹을 것을 잡으러 이 숲에 자주 왔으니까, 한동안은 숲의 입구 근처가 나한테서 도망친 몬스터로 북적댈지도 모르겠군."

"……나도 커서 강해지면 몬스터가 도망칠까?"

"글쎄, 어떨까? 너 같은 꼬맹이가 아무리 강해져봤자 몬스터들은 콧방귀도 끼지 않을 것 같은데 말이야! 하핫!"

호스트가 나를 내려놓고 웃음을 터뜨리자 눈앞에 있는 수풀이 흔들렸다.

"오오? 내 기척을 감지하고도 오히려 이쪽으로 오고 있는 건가? 꽤 근성 있는 녀석이 있는 것 같구나."

"그럼 그 몬스터가 나한테서 도망친다면 내가 호스트보다도 강한 게 되는 거야?"

"후하핫! 무, 무심코 웃음을 터뜨리고 말았네! 큭큭, 뭐, 그렇게 되겠지. 하지만 저 수풀 너머에 있는 건 무시무시한 몬스터거든……? 보자마자 오줌을 지리지나 말라고~."

"안 해! 내가 쫓아버릴 거라구!"

그 말을 들은 호스트는 즐거운지 껄껄 웃었다.

"그래, 한 번 해봐! 할 수 있으면 해보라고! 만약 쫓아낸다면 앞으로는 코멧코 양이라고 불러주지."

이윽고 흔들리고 있던 수풀 너머에서 커다란 곰이 튀어나왔다.

"……일격곰인가. 게다가 무리를 이루고 있군. 저 숫자를 상대하는 건 귀찮은데. 어쩔 수 없지. 그냥 보내주기로 할까……."

호스트는 그렇게 말하면서 돌아섰다.

바로 그때 나는 곰을 향해 내달렸다.

"키앙~!!"

"코멧코 양~?!"

—호스트는 비명을 지르면서 곰 무리를 향해 돌격했다.

제4장
화마의 마을에 잠드는 존재

1

마음에 상처를 입은 붓코로리가 집에 틀어박히고 사흘이 지났다.

그 외에는 별다른 일이 없다고 생각했지만…….

—요즘 융융이 좀 이상했다.

"안녕, 메구밍. 자, 받아."

융융이 교실에 온 나에게 도시락을 내밀었다.

느닷없는 일이기에 어떤 반응을 보이면 좋을지 감이 잡히지 않았다.

나는 도시락을 건네받은 후에야 겨우 입을 열었다.

"어떻게 된 거죠? 혹시 저를 좋아하는 건가요? 느닷없이 이렇게 기습적으로 남편에게 도시락 싸주는 새색시 같은 짓은 하는 건 좀……."

"새, 새색시?! 저기, 무슨 소리를 하는 거야?! 오늘은 승부를 할 생각이 없어서 순순히 도시락을 준 것 뿐이야! 도시락을 줄 테니까 시비 걸지 말라는 거라구!"

……뭐야.

"그런 식으로 말하니 제가 융융의 도시락을 강탈해가는 무법자 같잖아요."

"매일 같이 도전하는 나도 그렇지만, 메구밍도 무법자인 건 맞잖아."

당연하게 그딴 소리를 하는 융융을 어떻게 해줄지 고민하고 있을 때 담임이 교실에 들어왔다.

술렁거리던 교실이 조용해지자 담임이 교단에 섰다.

"좋은 아침. 예전 수업에 나타났던 몬스터, 기억하지? 사신의 부하로 추정되는 그 몬스터가 마을 안에서도 목격된 것 같다. 이제 여유부릴 때는 지났다는 거지."

담임이 그렇게 말하자 교실 안이 다시 술렁거렸다.

일격곰만큼 강한 녀석이라면 몰라도 웬만한 몬스터들은 홍마족의 모습을 보자마자 도망친다.

그런데 몬스터가 마을 안까지 들어왔다는 것은 심상치 않은 일이다.

"그러니 아직 준비가 완벽하지 않지만 사람들을 모아 억지로 재봉인을 하기로 했다. 의식은 내일 저녁부터 모레 아침에 걸쳐 진행될 거다. 만에 하나 실패했을 경우에는 마을 안이 사신의 부하들로 넘쳐나겠지. 대비책도 세워뒀지만 의식이 시작되면 집에서 나오지 말도록."

평소 매사에 대충이던 담임이 드물게도 진지한 표정을 지으며 말했다.

지금까지는 그다지 신경 쓰지 않았지만 어쩌면 꽤 큰일이 벌어지고 있는 걸지도 모른다.

"좋다. 그럼 저번 시험 결과를 발표하겠다. 이전과 마찬가지로 높은 성적을 거둔 세 사람에게는 스킬업 포션을 주겠다! 이름을 불린 사람은 앞으로 나오도록! ……3위, 네리마키!"

나는 담임의 말을 들으면서 내 모험가 카드를 쳐다보았다.

후후후 이제 4포인트 남았다.

4포인트만 더 모으면 오랫동안 염원해온 폭렬마법을 익힐 수 있다.

"2위, 아루에!"

나는 담임의 목소리를 들으면서 히죽거렸다.

…………2위, 아루에?

"1위, 메구밍! 잘했다. 자, 포션을 받으러 와라."

이름을 불린 나는 자리에서 일어나면서 옆을 바라보았다.

융융은 주먹을 말아 쥔 채 부르르 떨고 있었다.

"1교시 수업 내용은 멋진 장비품을 만드는 법이다. 아루에가 하고 있는 안대처럼 개성을 이끌어낼 수 있는 원 포인트 아이템을 만드는 거다. 구멍 난 장갑이나 머리띠 같은 것도 좋지. 다들 가정실습실로 모이도록. 이상이다!"

담임이 교실에서 나가자, 나는 방금 받은 스킬업 포션을 자랑하듯 흔들면서 의자를 끌며 융융에게 다가갔다.

융융은 거북한 표정을 지으면서 고개를 돌렸지만 나는 아무 말 없이 찰랑찰랑 소리가 나게 포션을 흔들었다.

"……무, 무슨 말이라도 좀 해봐! 아무 말도 없이 그러고 있으니 엄청 신경쓰인다구!"

참다못한 융융이 책상을 내려치면서 벌떡 일어섰다.

하지만 찔리는 구석이 있는지 평소보다 화내는 목소리에 힘이 없었다.

"……그럼 말하죠. 융융의 장점이라면 요리를 잘한다는 점과 성실한 우등생인 점, 그리고 존재감이 없다는 점뿐이잖아요. 그런데 이번에는 대체 어떻게 된 거죠?"

"저기, 마지막 장점은 좀 이상하지 않아?! 나, 그렇게 존재감이 없어?! 그리고 내 장점은 그게 다가 아니라구!"

나는 얼굴을 붉히면서 언성을 높이는 융융을 향해 스킬업 포션을 내밀었다.

"아까는 승부를 하지 않을 거라고 했죠? 지금은 어떻죠? 융융은 3포인트만 더 모으면 상급 마법을 습득할 수 있죠? 저는 이제 4포인트 남았어요. ……모처럼 저보다 리드하고 있는데 이대로 괜찮겠어요? 저보다 먼저 졸업할 수 있을 것 같은데 이대로 추월당할 건가요? 자, 어떻게 할 거죠?"

융융은 도발하는 나를 복잡한 표정을 지으며 쳐다보더니…….

"아까도 말했다시피, 오늘은 승부를 할 생각이 없어……. 그러니까 그 포션은 메구밍이 마셔."

"……그런가요. 어쩔 수 없군요. 그럼 도시락도 잘 먹을게요."

포션을 마신 후 도시락을 먹기 시작한 나를 본 융융은 왠지 안도한 표정을 지었다.

―역시, 융융은 요즘 들어 어딘가 이상했다.

2

"저기, 들었어? 이 마을에 용사 후보가 왔대!"

오전 수업이 끝나고 점심시간이 되자, 도시락을 가지고 나와 융융의 자리에 온 후니후라가 희희낙락하면서 그런 소리를 했다.

홍마의 마을은 조용한 촌구석인데다 그 주변은 강한 몬스터가 많은 위험지대다.

이런 곳에 용사 후보가 뭘 하러 온 것일까.

용사 후보는 신에게서 특별한 힘을 받았으며 특이한 이름을 지닌 사람들의 속칭이다.

이름만 특이한 것이 아니라 성격과 행동, 평소 습관 같은 것도 남들과는 다르다고 들었다.

"아, 들었어! 실은 나, 어제 그 사람을 만났어! 시원시원한 느낌의 미남이더라구! 마왕을 함께 쓰러뜨릴 동료를 찾으러 여기 왔대! 실력에 자신 있는 마법사를 모집하고 있댔어~. 아아~, 왜 하필 지금 온 걸까? 내가 마법을 익힌 후에 왔다면 바로 따라갔을 텐데~."

도돈코는 그렇게 말하면서 유감 섞인 한숨을 내쉬었다.

……흐음, 시원시원한 느낌의 미남 용사 후보, 라.

지금은 마법을 쓸 수 없기 때문에 파티 가입은 무리지만 나 같은 대마법사 후보라면 언젠가 그 용사 후보와 만날지도 모른다.

선택받은 강자들은 서로에게 끌리는 법이니까 말이다.

즉, 유유상종인 것이다.

융융은 조금 관심이 생겼는지 도돈코에게 물었다.

"용사 후보……. 어떤 느낌의 사람이었어? 강해보였어?"

"여자 둘을 데리고 있고 엄청난 마력이 느껴지는 검을 지닌 상냥해 보이는 사람이었어. 직업은 소드 마스터라던걸? 이름은 분명, 미츠……라기……?"

강력한 마법의 검을 지닌 소드 마스터라.

이 홍마의 마을 주변에는 강한 몬스터들이 다수 서식하고 있다.

그런 위험지대를 돌파하고 마을까지 온 것을 보면 실력 하나는 확실할 것이다.

"흐음. 그 사람은 언제까지 이 마을에 머물 거라던가요? 한동안 머문다면 마법을 습득한 후 그 사람의 파티에 들어가고 싶은데 말이죠."

내 말을 들은 도돈코는 고개를 저었다.

"며칠 안에 마을을 떠날 거라고 했어. 한동안 머문다면 나도 그랬을 거야."

그건 유감이다.

용사 후보라면 꽤 멋진 사람일 것이고 영웅담에서나 나오는 사람처럼 그 어떤 위기도 간단히 뛰어넘을 수 있을 것이다.

나도 언젠가는 마법사로서 모험가 파티에 들어갈 생각이니 기왕이면 용사 후보의 파티에 들어가야겠다.

그 어떤 위기에도 당당히 맞서고 정의감 넘치며 누구나 다 동경하는 용사 후보의 파티에 말이다.

그리고 내 마법으로 마왕군 간부든 뭐든 다 날려버려서 이 세상에 내 이름을 널리 알리는 것이다.

마왕을 해치우고 새롭게 마왕의 자리에 오른 존재, 메구밍으로서—!

"메구밍. 저기, 듣고 있어? 왜 갑자기 히죽거리는 거야……? 괘, 괜찮아?"

"중요한 생각을 하느라 못 들었어요. 무슨 일이죠?"

망상에 빠져 있던 나는 융융의 말을 듣고 현실에 돌아왔다.

후니후라와 도돈코는 다른 이야깃거리에 푹 빠져 있었다.

융융은 그런 두 사람을 신경 쓰면서 미안해하는 목소리로 말했다.

"저기, 메구밍. 방과 후에 너와 상의하고 싶은 일이 있는데……."

3

융융이 성적 상위권에 들지 못한 것 이외에는 별다른 일 없이 수업이 끝난 후 집으로 돌아가는 길이었다.

상의할 일이 있다고 말해놓고 계속 침묵을 지키고 있던 융융이 드디어 입을 열었다.

"……저기, 메구밍. 친구란 어떤 관계인 사람들을 가리키는 걸까……?"

그녀의 상의 내용이 꽤나 심각한 것이었기에 나는 무심코 눈시울을 붉히면서 걸음을 멈췄다.

"저, 저기, 메구밍, 왜 그래?! 저, 저기, 나, 메구밍이 눈물을 흘릴 만한 소리를 한 거야?! 응?!"

"아뇨. 융융이 외톨이라는 건 알고 있었지만, 설마 친구가 어떤 건지도 모르는 줄은 몰라서……."

"알아! 일단은 알고 있다구! 함께 쇼핑을 하거나 놀러 가는 사이잖아! 내가 묻고 싶은 건 그런 게 아니라!"

융융은 불같이 화를 낸 후 살짝 가라앉은 목소리로 말했다.

"저기, 메구밍은 나를 자주 뜯어먹지만, 돈을 뜯어간 적은 없잖아? 먹을 걸 사달라는 눈길로 쳐다본다든가, 점심시간이 되면 먹을 걸 나눠달라는 눈빛을 띤 채 내 눈앞을 어슬렁거리기는 하지만 말이야."

"당연하죠. 넘어서는 안 되는 선 정도는 알고 있거든요. 돈을 뜯는다면 그 대가로 제 몸을 요구당하더라도 거절할 수가 없잖아요."

"그딴 요구 안 해. 나를 대체 어떤 애라고 생각하는 거야?! 아무튼, 나도 친구는 돈 관계로 얽혀서는 안 된다고 생각해. 하지만……. 저기, 얼마 전에 안 건데……. 후니후라 양의 남동생이 심각한 병에 걸렸대……."

후니후라의 가정사는 잘 알지 못하지만, 그녀에게는 눈에 넣어도 아프지 않을 만큼 아끼는 어린 남동생이 있다는 것은 알고 있다.

"그래서 약을 살 돈이 필요하다는데 이럴 때 돈을 줘도 실례가 안 되려나 싶어서 말이야……. 친구가 곤란해 하고 있을 때 도와주는 건 당연한 일이라고 생각하지만 돈을 줬다가 미움을 받는 건 아닐까 싶어서……."

"후니후라가 직접 돈을 빌려달라고 했나요?"

내가 그렇게 묻자 융융은 허둥지둥 손을 내저었다.

"아, 아냐. 약값이 없어서 곤란하다고만 했어. 하지만 도돈코 양이 돈을 빌려주겠다고 했어. 그래서 나도 돈을 빌려주는 편이 좋을까 싶어서……."

하아, 이 애는 여전히 잘 속아 넘어간다니깐.

그 말을 들은 순간 뭐가 어떻게 된 건지 감이 왔다.

평소 좋지 않은 소문을 달고 다니던 그 두 사람이 갑자기 융융에게 접근한 것을 나는 전부터 이상하게 생각했다.

그리고 도돈코가 융융이 듣는 데서 돈을 빌려주겠다고 말했다.

즉, 친구라면 빌려주는 게 당연하다는 분위기를 만든 것이다.

나에게 이런 이야기를 하는 것을 보면 융융도 마음속으로 눈치챈 것이리라.

하지만 친구가 없는 이 애는 미움 받는 것이 싫어서 속아주고 싶다고 생각하는 것이 아닐까.

"저라면 돈을 빌려주는 게 아니라, 문제를 해결할 수 있는 다른 방법으로 도와줄 거예요."

"……다른 방법?"

"네. ……예를 들자면 얼굴을 가린 후 친구들과 함께 약국을 습격한다든가요."

"저기, 그럴 바에야 그냥 돈을 빌려주는 편이 낫지 않아?!"

나는 융융을 향해 손가락을 흔든 후 말했다.

"친구는 그저 상대에게서 뭔가를 받기만 하는 존재가 아니에요. 고통을 나누는 것 또한 우정이죠. 뭔가를 일방적으로 주는 것은 누구라도 할 수 있어요. 하지만 곤란할 때 서로를 돕는 것은 매우 소중한 일이에요."

"즉, 배가 고픈 메구밍에게 도시락을 주기만 하는 게 아니라, 같이 굶는 편이 낫다는 거야?"

"…………아뇨. 그건 그거고, 이건 이거예요. ……아무튼, 융융이 납득할 수 있으면 된다고 생각해요. 친구는 돈으로 살 수 없지만, 그 친구가 진짜로 곤란해 하고 있다면 친구를 위해 자신의 소중한 돈을 주는 것 또한 옳다고 생각해요. 참고로 저는 항상 곤란해 하고 있지만요."

"방금 은근슬쩍 자기를 어필했지? ……하지만 무슨 말을 하는 건지 알겠어. 고마워. 내 생각대로 해볼게."

융융은 그렇게 말하면서 미소 지었다.

……사람 좋은 이 애가 어떻게 할지는 상상이 되었다.

수상쩍다는 사실을 알면서도 분명 내버려두지 못할 것이다.

돈을 건넨다면 내일 아침이나 방과 후에 건넬 것이다.

원래라면 나와는 상관없는 일이지만, 내일은—.

이야기가 얼추 일단락된 후 아무 말 없이 걷고 있던 우리는 붓코로리와 마주쳤다.

"앗, 붓코로리 씨. 아, 안녕하세요!"

"어, 붓코로리. 이런데서 뭘 하고 있는 거죠? 소켓토에게 차인 후 방에 틀어박혀 있다고 들었는데요."

"메구밍! 쉬잇~!"

"어이, 쉬잇~ 같은 소리를 들으니까 더 마음이 아프거든? 그리고 고백은 안 했으니까 아직 차이지 않았어. 노 카운트라고!"

그런 변명 같지 않은 변명을 하던 붓코로리는 갑자기 진지한 표정을 지었다.

"그리고 나는 깨달았어. 세계가 내 힘의 각성을 기다리고 있는데, 사랑 놀음 같은 것에 빠져 있을 수는 없다는 사실을 말이야……. 안 그래도 요즘 들어 사신의 부하라는 몬스터들이 목격되고 있잖아? 또 내 힘이 필요할지도 모르니까 자주적으로 마을 안을 돌아보고 있는 거야."

즉, 실연의 충격에서 벗어난 백수가 할 일이 없어 산책을 하고 있었다.

"들었어요. 할일 없이 빈둥대는 백수 동료들을 모아서 자경단 같은 것을 만들었다면서요?"

레드아이 데드 슬레이어

"자경단이라고 부르지 마. 우리에게는 『대(對) 마왕군 유격부대』라는 멋들어진 이름이 있다고."

마왕군도 이 마을을 무서워해서 다가오지 않는데, 대체 뭐와 싸우려는 걸까.

평범한 자경단에게 거창한 이름을 붙이는 게 정말 홍마족다웠다.

"그런데 마을 어른들은 일전의 몬스터 때문에 고생하고 있는 것 같아요. 선생님께서 내일 다시 봉인을 한다고 들었어요. 일부러 그런 귀찮은 짓을 하지 말고 그냥 확 봉인을 풀어버린 후, 마을 사람들이 힘을 합쳐 토벌해버리는 편이 낫지 않나요?"

홍마의 마을은 초일류 아크 위저드들이 우글거리는 촌락이다.

인근에 있는 나라들도 이 마을에는 간섭하지 않는다.

이 마을의 사람들이 힘을 합치면 사신도 쓰러뜨릴 수 있을 것 같은데…….

"아, 그런 의견도 있었어. 하지만 마을 외곽에 사신이 봉인되어 있는 건 우리 선조님들이 다른 토지에 봉인된 사신을 일부러 이곳으로 옮겨와서 봉인했기 때문이래."

"예엣?! 저는 처음 들었어요! 어째서죠?! 왜 선조님들은 아무 의미 없을 뿐만 아니라 민폐나 다름없는 짓을 한 건가요?!"

융융이 그렇게 외치자 붓코로리는 어안이 벙벙한 표정을 지었다.

"그야 사신이 봉인된 토지에 산다면 꽤 폼 나잖아? ……뭐, 그래서 이번에도 봉인해두기로 한 거야. 사신은 천연기념물이라고 해도 과언이 아닐 만큼 희귀한 존재거든. 이 땅에는 사신 외에도 밖으로 가지고 나가면 세상이 멸망할지도 모르는 금단의 병기라든가, 신자가 한 명도 없는 탓에 이름마저 잊혀진 꼭두각시와 복수의 여신 같은 무시무시한 것들이 잔뜩 봉인되어 있어."

"정말 골치 아픈 이야기지만 금단의 병기라는 것에는 저도 조금 흥미가 있어요. 마을 사람들의 마음이 조금은 이해가 되네요."

"이해돼?! 잠깐, 내가 이상한 거야?! 내 감성이 잘못된 거냐구!"

""잘못됐어.""

"윽?!"

4

—다음날.

쿠로가 들어있는 가방을 흔들면서 평소보다 일찍 학교에 가보니, 예상대로 통학로에서 눈에 익은 소녀 세 명을 발견했다.

"고마워, 융융! 덕분에 살았어~! 꼭 답례할게!"

"다, 답례 같은 건 됐어! 치, 친구잖아! 저, 저기……, 그것보다, 이대로 같이 학교에……."

그들은 바로 후니후라, 도돈코, 융융 세 사람이었다.

융융에게서 뭔가를 받은 후니후라는 미소를 지으면서 말했다.

"아……. 미, 미안해. 지금 바로 이걸 가져다줘야만 해."

"맞아. 서두르지 않으면 후니후라의 동생이……. 융융은 먼저 학교에 가있어. 알았지?"

"아, 그, 그렇구나……. 눈치 없어서 미안해……. 그럼 나중에 학교에서 봐."

그렇게 말하면서 두 사람을 향해 미소 지은 융융은 혼자서 털레털레 학교로 향했다.

고개를 푹 숙인 채 걸음을 옮기는 그 모습에서는 애수가 느껴졌다.

그 모습을 잠시 동안 쳐다본 후 후니후라와 도돈코가 말했다.

"야, 양심이 좀……."

"찌, 찔리네……."

"후후후……. 그러면 그런 짓을 하지 않으면 되잖아요."

""윽?!""

등 뒤에서 내 목소리가 들린 순간 두 사람은 화들짝 놀라면서 뒤를 돌아보았다.

"메구밍?! 언제부터 거기 있었어?!"

"우, 우리와 융융의 이야기를 어디서부터 듣고 있었던 거야?!"

나는 수풀 속에서 기어 나오면서 말했다.

"어디서부터 듣고 있었냐고요? 그야……."

흐음…. 이런 걸 읽는 구나?
아하하
이런 타이틀은 처음 봐—.
항상 혼자 다녀서 좀 불쌍하긴 했어.
으으….
이런 거 안 읽어도 우리가 친구가 되어
같이 놀아줄 수 있는데 말이야—.
움찔
정말?!
우왓
움찔
으… …응.

음……
이게 친구끼리 노는 법이야…?
훌렁
좀 보여줘~!
그, 그래. 저번 신체 측정 때 들었는데, 또 커졌다며…?
기.
처음 이니까
화끈
상냥하게 ……해줘.
으 응.

"이런 식으로 융융에게 부끄러운 비밀을 폭로당하고 싶지 않으면 순순히 우리 요구를 들으라고 둘이서 협박하는 부분부터예요."

"그런 짓 안 했어! 우리, 그런 짓 안 했다구!"

"우리가 왜 그런 요구를 해야 하는데! 너, 우리를 뭐로 보는 거야?!"

두 사람은 내 농담을 듣더니 얼굴을 새빨갛게 붉히면서 항의했다.

"그, 그저……. 융융에게서 돈을 빌렸을 뿐이야. 실은 내 동생이……."

"그, 그래. 후니후라의 동생이 병에 걸려서 약값이 필요해. 우리 돈만으로는 부족해서 융융에게 좀 빌려달라고 한 것뿐이라구."

"호오, 그랬군요……. 정말, 섭섭하네요. 그럼 저에게도 이야기해주지 그랬어요."

""뭐?!""

그녀들은 내 말을 듣고 깜짝 놀랐다.

"왜 그러죠? 제가 곤란해 하는 사람을 도우려는 게 그렇게 놀랄 일인가요? 아니면 저한테 싸움을 거는 건가요?"

"아, 아냐……! 그런 게 아니라, 저기, 그러니까……. 너는 엄청 가난하잖아."

"맞아. 아무리 곤란해도, 메구밍에게 돈을 빌리고 싶지는 않다구~."

"작살나고 싶나요?"

내가 가방을 붕붕 돌리면서 공격 태세를 취하자, 두 사람은 표정을 딱딱하게 굳혔다.

"그, 그럼 어떻게 도와줄 건데!"

"맞아 맞아! 돈이라도 빌려줄 거야?!"

"빌려줄 리가 없잖아요. 누구한테 그딴 소리를 하고 있는 건지 알기는 하는 건가요? 상대를 봐가면서 돈을 빌리라고요."

""이, 이 녀석……!!""

관자놀이에 힘줄이 돋은 두 사람이 노려봤지만 나는 딱히 그녀들을 놀리려는 건 아니었다.

"뭐, 진정하고 제 말 좀 들어보세요. 당신들은 약 때문에 돈이 필요한 거죠? 그럼 돈 없이 약을 손에 넣으면 되지 않나요?"

"뭐……?! 아니, 그건 그렇지만……."

"뭐, 좋은 방법이라도 있어?"

두 사람이 그렇게 말하자 나는 자신감에 찬 미소를 지었다.

"뭐, 홍마족 제일의 천재를 믿어보세요."

내가 자신감으로 가득 찬 목소리로 그렇게 말하자 두 사람은 불안한 표정으로 서로를 쳐다보았다.

5

흠. 저 두 사람에게는 호언장담했지만 대체 어떻게 약을 손에 넣을까.

코멧코를 약국에 데리고 가서 좀 얻어오라고 할까.

내 마성의 여동생이라면 가능할지도 모른다.

"쿠로! 쿠로, 정신 차려! 무슨 일이 있었던 거야?! 왜 축 늘어진 거야?! 메구밍, 혹시 가방 안에 쿠로를 넣어둔 걸 깜빡하고 등굣길에 가방을 마구 흔들어댄 건 아니지?!"

옆자리에 있는 융융이 쿠로를 꼭 끌어안으면서 떠들어대는 소리를 한 귀로 흘려들으면서 나는 치료용 포션을 조달할 방법을 생각했다.

잠시 후 피곤해 보이는 담임이 교실 안에 들어왔다.

그리고 평소처럼 출석을 부른 후—.

"아~. 오늘 저녁부터 사신을 다시 봉인하는 의식을 치른다는 이야기는 했지? 실패할 가능성은 거의 없지만 만일의 사태가 벌어질 수도 있다. 나는 봉인에 실패할 때에 대비해 계속 온존해왔던 그걸 준비한 상태에서 대기할 거다. …… 뭐, 그걸 쓰지 않는 편이 좋겠지만 말이야. 재봉인 의식의 성공 확률은 9할이 넘는다니 내가 나설 일은 없겠지. 그래. 그건 가능하면 쓰지 않는 편이 좋아……."

담임은 실패 플래그를 세우는 대사를 마구 뱉었다.

들뜬 모습을 보니 실은 실패하기를 바라고 있는 것 같았다.

그리고 아무도 물어보지 않았는데 자랑해댄, 아까 자기 입으로 계속 온존해왔다는 그걸 쓰고 싶은 것 같았다.

"뭐, 그러니 오늘은 곧장 집으로 돌아가도록. 저녁에는 다들 집 안에 있어라. 그럼 1교시는 마도구 제작 수업이다. 다들 실험실에 모이도록! 이상이다!"

담임은 그렇게 말한 후 교실을 나갔고—.

나는 퍼뜩 좋은 아이디어가 생각났다. 마도구 제작……!

—실험실은 학교 지하에 있었다.

위험한 약품과 폭발 계열 아이템 등을 취급하기 위해서…… 지하에 있는 것이 아니었다.

마법사들은 지하에서 수상한 실험을 한다는 이미지가 있어서 지하에 실험실을 만든 것 같았다.

실험실에서는 아무 자리에나 앉아도 되지만 나는 항상 가장 앞쪽에 앉았다.

담임은 머리를 긁적이면서 교단에 섰다.

"그럼 지금부터 마도구 제작 수업을 시작하겠다. 마법약과 마도구 제조 등은 마법사라는 직종을 지닌 이들에게 있어 중요한 수입원이다. 배워두면 여러모로 도움이 될 것이다. 그럼……. …………메구밍. 의욕이 넘치는 건 좋지만 너무 앞으로 나오지는 마라."

"죄송해요. 이 수업을 가장 좋아하거든요."

담임은 가장 앞쪽에서 이야기를 듣고 있는 나에게 좀 더 물러나라며 손을 흔든 후 병을 손에 쥐었다.

"그럼 비교적 간단히 만들 수 있는 체력회복 포션을 만들어 보겠다. 이미 몇 번이나 했지만 기본은 중요하니까……. 메구밍, 왜 손을 드는 거지? 질문이라도 있는 거냐?"

"그런 단가가 싼 포션 말고, 좀 더 돈이 되는 고난이도 포션을 만드는 법을 가르쳐 주세요."

"좋아. 너는 이 수업 동안 내 조수를 해라. 두 번 다시 그런 바보 같은 소리를 하지 못하도록 마구 부려먹어 주마."

억울해!

—내가 투덜거리면서 수업을 돕는 동안 담임은 수업에 대한 설명을 시작했다.

"그럼 각자가 선호하는 재료를 써서 포션을 만들어봐라. 잘 만들어지면 응용을 해보도록. 조합 비율에 따라 포션의 효과는 변하지. 자신만의 레시피를 만들어 봐라."

나는 조수로서 반 친구들에게 도구와 재료를 나눠준 후 본래 목적을 떠올렸다.

"선생님, 질문이 있어요. 제가 병을 치료하는 포션을 만들 수 있을까요?"

"병을 치료하는 포션? 무리는 아니겠지만, 그런 포션은 만들기 어렵다. 참고로 병을 치료하는 포션은 제작에 돈이 들지만 잘 팔리지 않지. 즉, 돈이 안 된다."

"선생님이 저를 어떻게 생각하는지 잘 알았어요. 돈을 위해서 그걸 만들려는 게 아니에요. 병에 걸려 힘들어하는 사람이 주변에 있거든요. 그래서 직접 만들어 볼까 해요."

내 말을 들은 담임은 턱을 매만지면서 말했다.

"……그런 이유라면 재료를 얼마든지 써도 된다. 이게 포션의 레시피다. 가지고 가라. ……하지만 이기주의자에 돈을 밝히는 데다, 몬스터의 숨통을 주저 없이 끊는 너한테도 그런 인간다운 마음이 있었구나."

"선생님이 저를 어떻게 생각하는지, 정말 잘 알았어요."

나는 졸업을 하게 되면 담임에게 앙갚음을 제대로 해줘야겠다고 마음속으로 맹세한 후 레시피를 보면서 포션 재료를 모았다.

파이어 드레이크의 간과 만드라고라의 뿌리, 파오리의…….

"메구밍, 그런 재료로 뭘 만들려는 건데? 체력 회복 포션 안 만들 거야? 축 늘어진 쿠로를 회복시킬 약을……."

내가 모으는 재료를 본 융융이 걱정스러운 표정을 지으며 다가와서 말했다.

"이건 친구와 비밀로 하기로 약속한 일과 관련된 거니까, 라이벌인 융융에게는 말해줄 수 없어요."

"앗! 그, 그게 무슨 소리야?! 후니후라 양 일을 비밀로 했던 것 때문에 이러는 거야?!"

시끄러운 융융을 무시한 나는 비싼 재료를 바구니 안에 집어넣었다.

"됐어. 쿠로는 내가 구할 거야……!"

융융 쪽을 문득 쳐다보니 아직도 축 늘어져 있는 쿠로를 책상 위에 올려놓은 후 체력 회복 포션을 만들겠다며 큰소리를 치고 있었다.

"스파르타가 저희 집의 교육 방침이니, 저희 집 애의 어리광을 너무 받아주지는 마세요."

"가방에 넣고 마구 휘둘러대는 건 스파르타가 아니라 학대야! 아직 새끼 고양이잖아! 좀 더 소중히 여기라구!"

화가 난 융융은 쿠로를 쓰다듬으면서 그렇게 말했다.

융융이 저렇게 말하기는 했지만, 나는 이 고양이가 쉽게 죽지는 않을 것 같았다.

남의 몸에 멋대로 올라갈 만큼 뻔뻔한 데다가 새끼 고양이 주제에 아무거나 잘 먹었다.

고양이답지는 않지만 우리 집의 가혹한 환경에 익숙해졌기 때문일까?

"뭐, 아무튼 약부터 만들겠어요! 제 마도기술을 잘 보세요! 병 같은 것은 일격필살이라고요! 후하하하하……!"

"뭘 만들려는 건지는 모르겠지만 극약을 만들려는 건 아니지? 몸에 좋은 포션을 만들려는 거지?! 방금 일격필살 같은 무시무시한 단어가 들렸거든?!"

융융이 불안한지 표정을 굳힌 가운데 나는 고난이도 포션 제작을 시작했다—.

우선 말린 파이어 드레이크의 간을 빻아서 가루로 만들었다.

그리고 생명령이 강한 만드라고라의 뿌리를…….

"꺄아~! 메구밍의 절구에서 불똥이 튀고 있어! 메, 메구밍, 대체 뭘 만드는 거야?!"

"앗, 이쪽에서 불길이! 아앗, 불길이 번지고 있어! 선생님! 선생님~!"

"『크리에이트 워터』!"

나는 남들의 비명을 한 귀로 흘려들으면서 식칼로 만드라고라의 뿌리를 잘게…….

"아앗~! 만드라고라 몇 마리가 도망치고 있어! 대체 누가 만드라고라를 가지고 온 거야?!"

"……윽?! 메구밍의 식칼을 맨손으로 잡아낸 저 식물은 만드라고라…… 맞지……?"

나는 누군가의 의문 섞인 목소리를 들으면서 격렬하게 저항하는 만드라고라를 겨우겨우 손질한 후 뿌리 부분을 다져서 냄비에 투입했다. ……하지만, 아직 끝나지 않았다.

도망친 만드라고라를 잡아야만…….

"자, 한 마리 잡아왔어. 뭘 만들려는 건지는 모르겠지만 재미있는 일을 벌이는 것 같네."

도망친 만드라고라의 뿌리 부분을 움켜쥔 아루에는 안대를 손가락으로 고쳐 쓰면서 씨익 웃었다. 그리고 그 만드라고라를 나에게 내밀면서 그렇게 말했다.

"고난이도인 병 치료용 포션을 만들고 있어요. 아루에는 포션을 다 만들었나요? 그럼 저를 좀 도와줬으면 하는데요."

"좋아. 그럼 이 녀석을 잘게 다져서……."

"그럼 아루에. 이 녀석이 저항하지 못하도록 그대로 잡고 있어요! 식물형 몬스터니 봐줄 필요 없어요! 에잇, 저항하지 마세요! 계속 이렇게 나오면 강판으로 확 갈아버릴 거예요!"

융융은 아루에에게 도움을 받으면서 작업을 계속하는 나를 새파랗게 질린 얼굴로 쳐다보고 있었다.

"아아…… 아아아아아…………."

울먹거리고 있는 융융의 시선을 받으며 만드라고라를 전부 다진 나는 드디어 마지막 재료의 손질을 시작했다.

파를 짊어진 오리처럼 생긴 귀여운 외모의 레어 몬스터, 파오리를……!

"절대 안 돼! 절대 안 된다구!"

융융은 갑자기 고함을 지르더니 옆에서 내 손을 움켜잡았다.

"뭐하는 거죠? 제 작업을 방해하지 마세요."

"하, 하지만! 이, 이렇게…… 이렇게 귀여운 파오리를……!"

울상을 지은 융융은 고개를 세차게 저으면서 말을 이었다.
어느새 주위에 있는 학생들도 울음을 터뜨릴 것 같은 표정으로 나를 주시하고 있었다.
그리고 멀뚱멀뚱 고개를 갸웃거리고 있는 동글동글한 눈망울을 지닌 파오리 또한 주목을 받았다.
뭐, 확실히 귀엽다. 귀엽지만…….
"융융. 귀엽게 생기기는 했어도 이 녀석은 몬스터예요. 제아무리 귀여워도 몬스터를 쓰러뜨리는 걸 주저해서는 안 돼요."
"그렇지만! 그렇지만!!"
융융이 끈덕지게 버티자 아루에가 그녀의 어깨에 손을 얹으면서 말했다.
"뭐, 진정해. 메구밍. 포션 제작에 필요한 재료는 파오리의 어느 부분이지? 내장이라면 숨통을 끊어야 하겠지만, 다른 데라면……."
아루에의 말을 들은 융융은 머뭇거리면서 나를 올려다보았다.
나는 그런 융융에게—.
"파오리가 짊어진 파가 재료예요. ……이제 안심이 되나요?"
그렇게 말하면서 안심시키려는 것처럼 미소 지었다.
그 미소를 보고서야 안도의 한숨을 내쉰 융융이 잡고 있던 내 손을 놨다.

"원래 파는 병 치료에 효과가 좋다고 해. 그래서 파를 먹기도 하고, 목에 감아주기도 하고, 몸 안에 넣기도 한대. 그리고 파오리의 파는 온갖 파 중에서도 최고로 손꼽힌다는 것 같아."

아루에는 그렇게 말하면서 파오리가 짊어진 파를 몇 개 뽑았다.

나는 파를 다지고 있는 아루에를 쳐다보면서 융융에게 말했다.

"하아……. 융융은 대체 저를 어떻게 생각하는 거죠? 저도 귀여운 생물을 아낄 줄 알아요. 그리고 무의미한 살생 같은 건 하지 않는다고요."

"그, 그렇지? 미안해! 다행이야……. 파오리는 쓰러뜨리면 대량의 경험치를 얻을 수 있는 레어 몬스터인데다, 엄청 맛있다고 들었거든……."

"…………."

대량의 경험치를 얻을 수 있는 레어 몬스터?

엄청 맛있어?

"정말 미안해. 약 재료에 레벨도 올릴 수 있고 식사거리도 되니 일석삼조다, 같은 소리를 하면서 그대로……."

"꾸엑!"

나한테 목을 졸린 파오리가 작게 비명을 지르더니 그대로 축 늘어졌다.

내 모험가 카드를 보니 한 번에 레벨이 2나 오르면서 스킬 포인트도 2포인트 가산됐다.

나는 입을 뻐끔거리고 있는 융융에게 카드를 자랑하듯 보여주면서 말했다.

"메구밍은, 레벨이 올랐다."

"바보오오오오오오오오오~!"

6

—방과 후.

"왜 이런 곳으로 우리를 불러낸 거야? 파오리 슬레이어."

"메구밍. 너, 융융에게 사과해. 오늘 아침 일로 엄청 충격을 받았는지 하루 종일 훌쩍거렸다구."

나는 교사 뒤편에 온 후니후라와 도돈코에게 다짜고짜 이렇게 말했다.

"한 번만 더 파오리 슬레이어라고 부르면 후회하게 만들어 주겠어요. 그리고 융융뿐만 아니라 다수의 반 친구들에게 트라우마를 심어준 오늘 아침 소동은 따지고 보면 당신들 두 사람 때문에 벌어진 거예요. 이 정도 말하면 제가 뭘 만든 건지 짐작이 되죠?"

내가 그렇게 말하자, 두 사람은 서로의 얼굴을 쳐다본 후—.

"설마……."

"네가 들고 있는 그 포션은……."

"예. 제가 직접 만든 병 치료용 포션이에요."

두 사람은 내 말을 듣자마자 표정을 찌푸렸다.

"불안한 건 이해해요. 하지만 레시피대로 만들었으니 문제는 없을 거예요. 다소 재료가 많이 들어가기는 했지만, 그 덕분에 효과가 좋아질 거라고 생각해요. 자, 사양 말고 받으세요."

"으, 응……."

후니후라는 오만상을 찡그리면서도 내가 만든 포션을 마지못해 받았다.

"자, 이제 융융에게 빌린 돈은 필요 없어졌죠? 그럼 이제 돈을 돌려주겠어요?"

"뭐?! 자, 잠깐만 있어봐. 아직 이 약의 효과를 확인하지 못했는데……!"

후니후라가 당황한 목소리로 한 말을—.

"그런 건 상관없어요. 그리고 후니후라의 동생이 진짜로 병에 걸렸든 말든 저와는 상관없어요."

나는 단호하게 끊어버리면서 말했다.

"으……, 저, 저기, 그게……."

"그, 그러니까……. 벼, 병 걸린 거 맞아! 후니후라의 남동생은 진짜로 아프다구!"

말끝을 흐리는 후니후라를 감싸듯 도돈코가 말했다.
하지만 나는 아무래도 상관없었다.
"제가 지적하는 건, 외로움을 많이 타는 외톨이의 양심을 자극해 돈을 뜯어낸 거예요. 그 애는 저희 반에서 저 다음으로 머리가 좋아요. 바보는 아니라고요. 저도 이렇게 수상쩍게 여기는데 그 애가 눈치채지 못했을 리가 없잖아요?"
내가 그렇게 말하면서 다가가자 두 사람은 새파랗게 질린 얼굴로 말했다.
"아, 알았어! 돈이라면 돌려줄게! 저, 저기 너, 지금 눈이 완전 새빨갛거든?!"
"진심으로 화내지 마! 무, 무섭다구!"
두 사람은 그렇게 말하면서 융융에게 빌린 돈을 내놓았다.
아무래도 나도 모르게 진심으로 화가 났었나 보다.
홍마족은 감정이 격해지면 붉은 눈동자가 빛난다.
이대로 있다간 내 쿨한 이미지가 무너질 것이다.
"……뭐, 됐어요. 그럼 이 돈은 제가 융융에게 돌려주죠. 진짜로 친구가 되고 싶어서 그 애에게 다가간 거라면 몰라도 그 애의 순진하고 착한 마음을 이용하지는 말아 주세요. 또 이런 짓을 하면 당신들을 제가 익힌 마법의 첫 시험대로 삼을 거예요."
"아, 알았어! 입으로는 됐다고 말하지만 네 눈은 아직 새빨갛거든?! 대체 융융을 얼마나 좋아하는 거야?!"

"이제 너희 사이를 방해하지 않을게. 앞으로는 참견하지 않을 테니까, 둘이서 잘 먹고 잘 살라구……!"

후니후라와 도돈코는 당황한 채 그런 소리를—.

"……오해하고 있는 것 같군요. 저는 융융과 그렇게 사이가 좋은 건 아니거든요? ……그리고 친구 사이도 아니에요."

"그래 그래. 알았다구."

"이렇게 열심히 감싸주면서 친구가 아니라면 대체 어떤 사이인 거야?"

두 사람은 자신의 얼굴을 향해 손으로 부채질을 했다.

마치 덥다는 듯이 말이다.

"저희가 어떤 사이냐고요? 그야…… 저기, 라이벌이라고나 할까요……."

"그래 그래. 알았으니까 더는 말 안 해도 돼. 옆에서 딱 봐도 너희는 백합 같은 관계거든."

"메구밍 너, 눈이 새빨개. 우리 홍마족은 이럴 때 거짓말을 못해서 문제라니깐."

………….

"뭐, 이번에는 그냥 물러나줄게. 너도 자기가 수석이라고 너무 자만하지 말라구."

"그래. 너희가 러브러브하는 사이에 우리가 너희를 추월할지도 모르잖아. 만약 내가 수석이 된다면 네 사랑스러운 마누라는 나를 라이벌로 삼을지도 모른다구 뭐, 그렇게 되지 않도록 지금부터 열심히……."

나는 두 사람의 헛소리를 끝까지 듣지도 않고 바로 달려들었다.

"잠깐! 포션을 깨려고 하지 마! 약았어! 비겁하다구! 그만, 그만해……!"

"이럴 때는 분위기 파악 좀 해! 방금 그건 패배자의 상투적인 대사……! 아앗, 하지 마……!"

7

두 사람에게 역습을 한 내가 개운한 표정으로 쿠로와 가방을 가지러 교실에 가보니 융융이 홀로 교실에 남아 있었다.

"……혼자 교실에 남아서 뭘 하고 있는 거죠?"

"그걸 몰라서 묻는 거야?! 메구밍을 기다리고 있었다구! 쿠로를 두고 대체 어디 갔던 거야?!"

아무래도 나와 함께 돌아가려고 기다리고 있었던 것 같았다.

"아, 후니후라에게 볼일이 좀 있었어요."

어느새 융융과 같이 하교하는 게 당연한 일이 되었다고 생각하던 나는 문뜩 아까 후니후라와 도돈코가 했던 말을 떠올렸다.

……뭐, 뭐어, 사신의 부하가 마을 안에서도 목격될 정도니 라이벌 관계는 한동안 제쳐둬도 될 것이다.

그렇다. 딱히 친구 사이는 아니지만 이런 흉흉한 시기에는…….

융융은 입으로 화를 내면서도 혼자 기다리는 게 쓸쓸했는지 조금 안심한 표정을 지었다.

"메구밍이 후니후라 양에게 볼일이 있었다니, 드문 일도 다 있네. 그럼 돌아가자. 선생님이 오늘 저녁부터 사신 봉인 의식을 치르니까 빨리 돌아가라고 했잖아."

"예. 아, 이거 받아요."

나는 하교할 준비를 하고 있던 융융에게 후니후라에게서 돌려받은 돈을 건네줬다.

돈이 든 봉투를 받은 융융은 어안이 벙벙한 표정을 지었다.

나는 볼일이 끝났다는 듯이 가방을 든 후 쿠로를 가방 안에 집어넣으려고 했다. 하지만 어찌된 영문인지 쿠로는 가방 안에 들어가려 하지 않았다.

내 어깨 부분에 발톱을 세우며 매달리더니 격렬하게 저항을 했다.

"저기, 이 돈은……."

"후니후라에게서 받은 거예요. 동생의 약은 어찌어찌 구한 것 같아요. 그래서 돈을 돌려주겠대요. 정말 잘 됐네요."

나는 융융에게 그렇게 말한 후 어깨에 들러붙은 쿠로를 억지로 떼어내려 했다.

이, 이 녀석……. 왜 이렇게 가방에 들어가는 걸 싫어하는 거지……?!

나와 쿠로가 격전을 벌이고 있을 때—.

"저기, 메구밍. 메구밍이 후니후라 양의 남동생에게 도움을 준 거 아냐? 예를 들자면 메구밍이……. 병 치료용 포션을 만들어줬다든가……."

융융은 우물쭈물하면서 그렇게 중얼거렸다.

거 봐요, 후니후라, 도돈코. 이 애는 저 다음으로 머리가 좋다고요.

"현실주의자인 제가 전혀 득 될 게 없는 상황에서 남을 도울 리가 없잖아요."

"확실히 그 말은 엄청 설득력이 있어."

………….

"저기, 왜 혼자서 돌아가려고 하는 거야?! 나, 메구밍을 계속 기다렸다구! 두고 가지 마!"

—학교 밖에 나가보니 태양이 서쪽 하늘을 향해 기울고 있었다.

곧 해질녘이다.

융융은 뒤쪽에서 헐레벌떡 나를 따라오고 있었다.

내가 한사코 가방에 들어가려 하지 않는 쿠로를 어깨에 태운 채 집으로 향하고 있을 때…….

"저기, 메구밍. 진짜로 아무 일도 없었던 거지?"

"정말 의심이 많네요. 그리고 만에 하나 제가 후니후라의 동생에게 약을 만들어줬더라도, 딱히 누군가에게 폐를 끼친 건 아니니 괜찮지 않나요?"

"오, 오늘 아침 수업에서 많은 애들에게 폐를 끼치지 않았어……?"

내가 그 말에 대답하지 않고 걸음을 옮기자 융융이 빠른 발걸음으로 내 옆에 섰다.

그리고 그녀는 내 얼굴을 쳐다보면서 말했다.

"……저기, 메구밍. 딱히 고마움을 표시하는 거나, 답례 같은 건 아니지만…… 어디 들렀다 가지 않을래? 돌려받은 돈으로 한 턱 쏠게."

융융을 쳐다보니 그녀는 웃고 있었다.

……머리가 좋은 내 라이벌은 이미 무슨 일이 있었던 건지 얼추 눈치챘나보다.

8

"한 턱 쏜다고 했어. 응. 한 턱 쏜다고 말하기는 했어."

가게에서 나온 우리는 집으로 향했다.

그리고 융융은 지갑 안을 쳐다보면서 땅이 꺼져라 한숨을 내쉬었다.

"잘 먹었어요. 이렇게 많이 먹어본 건 태어나서 처음이에요. 오늘은 더 이상 아무것도 못 먹을 것 같아요."

"그거 잘 됐네! 아아, 정말……! 내가 얼마든지 먹어도 된다고 말하기는 했지만……!"

나는 분노가 어린 융융의 목소리를 들으면서 석양빛 때문에 붉게 변한 길을 걸었다.

"휴우……. 이렇게 많이 먹었더니 걷는 것도 힘드네요. 소화가 될 때까지 어디서 좀 쉬었다 가지 않겠어요?"

"정말……, 정말……! 걷는 것도 힘들 정도로 먹은 거야?! 식탐이 너무 심하잖아……!"

나는 화가 났다기보다는 어이없어 하는 융융과 함께 홍마의 마을에 있는 공원에 들렀다.

공원이라고 해도 벤치와 연못, 비를 피할 조그만 건물밖에 없었다.

나는 어깨에 들러붙어 있는 쿠로를 떼어낸 후 그대로 벤치에 드러누웠다.

"메, 메구밍! 치마가 들려서 팬티가 보인다구! 아아, 정말……! 여자애가 이러면 안 된다고 생각해……."

융융은 내 치맛자락을 바지런하게 내려줬다.

"융융은 좋은 아내가 될 것 같네요. 졸업한 후에는 저를 부양하지 않겠어요? 제가 매 끼니 때마다 맛있다고 말해줄게요."

"시, 싫어! 왜 내가 그래야 하는데?! 맛있다고 말해준다고 내가 기뻐할 거라고 생각하는 거야?! ……매 끼니 때마다 맛있다고 말해준다고……. ……매 끼니 때마다……. ……으음……."

쉬운 여자의 대표주자인 융융은 갑자기 고민하기 시작했다.

이런 바보 같은 소리를 하니까 그 두 사람에게 백합이라는 소리를 듣는 것일지도 모른다.

"졸업하니 생각난 건데, 융융은 제가 졸업한 후에는 어떻게 할 거죠? 저는 스킬업 포션을 한 번만 더 받으면 졸업하는데요."

"뭐? 그게 무슨 소리야? 메구밍이 마법을 습득하기 위해 더 모아야 하는 스킬 포인트는 4포인트라고 했었잖아? 어제 스킬업 포션을 받았으니 3 포인트 남았을 테니까 나와 똑같……. ……아앗!!"

말을 하다 만 융융은 뭔가를 깨달았는지 갑자기 고함을 질렀다.

"오늘 아침의 파오리! 파오리의 숨통을 끊어서 레벨이……!"

"그래요. 레벨이 2나 올랐고 어제 받은 스킬업 포션 덕분에 스킬 포인트를 3포인트나 입수했죠. 이제 1포인트만 더 모으면 마법을 습득할 수 있어요. 아마 다음 시험 때 졸업하게 될 거예요."

벤치에 드러누운 내 배 위에 쿠로가 올라왔다.

이 애는 왜 이렇게 능글맞은 걸까.

—융융은 금방이라도 울 것 같은 목소리로 중얼거렸다.

"마, 맙소사……. 같이 졸업할 수 없는 거구나……. 일부러 남은 스킬 포인트를 맞췄는데……."

융융은 가라앉은 목소리로 그런 소리를—.

—다음 순간 나는 벤치에서 벌떡 일어났다.

배 위에 있던 쿠로가 굴러 떨어지는 가운데 나는 융융에게 추궁했다.

"방금 뭐라고 했죠? 혹시 저와 같이 졸업하기 위해 스킬 포인트를 조절한 건가요? 저번 시험에서 3위 안에 들어가지 못한 게 아니라, 일부러 시험을 망쳐서 스킬업 포션을 받지 않은 건가요?"

"윽?!"

융융은 아차 하는 표정을 지으며 부르르 떨었다.

긍정하지 않더라도 그 반응만 보면 충분했다.

"당신, 정말 바보군요! 같이 졸업하고 싶다면 필요한 스킬 포인트를 모은 후에도 마법을 익히지 않으면 되잖아요! 상급 마법을 익히는 걸 보류하지도 못하고 같이 졸업하고 싶다는 소리를 저한테 하지도 못한 채, 이딴 짓을 벌인 건가요?! 정말 못난 데도 정도라는 게 있다고요!"

"그그그, 그렇지만! 항상 나보다 잘난 줄 알았던 메구밍을 어느새 내가 추월했잖아! 분명 나보다 먼저 졸업할 줄 알았는데……!"

"앗! 방금 저를 추월했다고 했죠?! 추월 같은 거 안 당했거든요?! 기왕 이렇게 됐으니 이야기하겠는데 저는 상급 마법을 익힐 생각이 없어요! 그딴 것보다 훨씬 위력이 뛰어난 초필살 마법을 습득할 거라고요! 자, 제 모험가 카드를 보세요! 상급 마법을 익힐 포인트 정도는 예전에 모았단 말이에요!"

격앙된 내가 벤치에서 일어나 융융에게 모험가 카드를 보여주자 융융은 뚫어져라 그 카드를 쳐다보았다.

"저, 정말이네……! 뭐야. 역시 메구밍은 나보다 엄청나구나……!"

"어. ……으음, 예. 엄청나요. 그러니까 융융이 일부러 시험을 망치면 곤란하다고요."

융융이 만면에 미소를 지으면서 기뻐하자 나는 난처해졌다.

역시 라이벌이 대단한 존재이기를 바라는 걸까.

"저, 저기, 일부러 시험을 망쳐서 미안해. 하지만 상급 마법보다 엄청난 마법이라면……. 작렬마법이라도 익힐 거야? 아니면 설마, 폭발마법을……."

"폭렬마법이에요."

…………융융은 그 말을 듣자마자 갑자기 입을 다물었다.

"음, 방금 뭐라고 했어? 폭렬마법이라고 말한 것 같은데……."
"예. 폭렬마법이에요. 최강의 마법이라고 불리는 그 엄청난 마법 말이에요."
융융이 내 말을 듣고 또 입을 다문 후—.
"무슨 소리를 하는 거야? 폭렬마법이라면, 그 폭렬마법 말이야? 엉터리 마법이라고 불리는 그 폭렬마법? 습득하는 데 필요한 포인트는 모든 직업의 모든 스킬 중에서 가장 많고 설령 습득을 하더라도 대부분의 사람들은 마력이 부족해 발동조차 시키지 못하든가, 설령 발동을 시키더라도 마력을 전부 소모해서 움직이지 못하게 된다는……."
"예. 바로 그 폭렬마법이에요."
내가 고개를 끄덕이자, 융융은 숨을 크게 들이쉰 후—.
"바보 아냐?! 메구밍 너, 무슨 소리를 하는 거야! 그걸 익혀서 어쩔 건데?! 습득하더라도 대부분의 사람들은 마력이 부족해서 쓰지 못해! 설령 쓸 수 있다고 해도 하루에 한 번밖에 못 쓴다구! 그런 효율성 없는 엉터리 마법이란 말이야! 대체 무슨 생각인 거야? 바보야? 바보와 천재는 종이 한 장 차이라고 하던데, 메구밍은 종이 한 장 차이로 바보였던 거야?"
"하, 한 번만 더 바보라고 부르면 아무리 융융이라도 혼쭐을 내줄 거예요! ……그리고, 이미 그런 건 전부 각오했어요. 저는 그 누구보다도 폭렬마법에 관해 열심히 조사했어요.

지금은 이 마을 사람들 중에서 폭렬마법에 대해 가장 자세하게 알고 있다고 자부할 수 있어요."

"자세하게 알고 있으면서 왜 그걸 익히려고 하는 건데?! 메구밍이라면……. 상급 마법을 익히고 경험을 쌓아나가다 보면, 분명 역사 교과서에 이름이 실리는 대마법사도 될 수 있을 텐데……! 저기, 어째서야?!"

자기 일도 아닌데 울먹거리면서 필사적으로 고함을 지르는 융융에게—.

"그야 물론, 폭렬마법을 좋아하기 때문이에요."

나는 솔직하게 대답했다.

분명 심각한 이유가 있을 거라고 생각한 융융은 내 대답을 듣고 눈을 동그랗게 뜨면서 말했다.

"……메구밍은 역시 천재가 아니라 바보라고 생각해."

"한 번만 더 바보라고 하면 혼쭐을 내주겠다고 경고했을 텐데요!"

나는 그렇게 외치면서 융융에게 달려들었다!

9

"하아…… 하아……! 이겼어……! 처음으로, 메구밍에게 이겼다구……!"

표정이 환해진 융융은 기쁨에 찬 목소리로 중얼거렸다.

부, 분하다……!

처음으로 융융에게 지고 말았다.

“뭐, 이번에는 전력을 다하지 않았지만요. 저는 달이 완전히 차지 않으면 힘을 발휘할 수 없는 타입의 인간이거든요.”

“악마족도 아닌데 그럴 리가 없잖아! 순순히 패배를 인정해!”

인적 없는 공원에서 한동안 융융과 몸싸움을 벌인 후 나는 융융에게 제압당하고 말았다.

몸이 달아오른 상태에서 서늘한 지면에 누워있으니 기분 좋았다.

해가 저물어가고 있기에 어둑어둑해진 공원에서 단둘이서 거친 숨을 내쉬었다.

나는 머리끝까지 피가 쏠린 나머지 불리한 육탄전을 벌이고 말았다.

“하아……. 패배를 인정할 테니 놔주세요. 졌어요. 제가 졌다고요.”

융융은 그 말을 듣고 순순히 놔줬다.

“……휴우, 졌어요. 그렇게 배터지게 먹었으니 지는 게 당연하겠지만요. 솔직히 말해 제 실력의 반도 발휘할 수 없는 상태였어요.”

“아앗! 풀려난 후에 그런 변명을 하는 건 너무 교활하잖아!”

융융이 분통을 터뜨리는 사이, 나는 무릎에 묻은 흙을 털면서 자리에서 일어났다.

"제가 여행을 떠나기 전에 한 번이라도 이겨서 좋겠네요. 융융은 언젠가 홍마족 족장이 될 사람이에요. 제가 바깥세계를 여행하며 대마법사로서 이름을 날리는 사이, 족장 자리를 이어받은 융융은 이 마을에서 평범한 일상을 보내면서 늙어가세요."

"승자인 나를 순순히 칭찬해줄 수는 없는 거야? 이런 밉살스러운 소리까지 하는 걸 보니 실은 나한테 져서 분한 거지?! ……아니, 그것보다……. 졸업하면 여행을 떠날 거야?"

발치에 있는 쿠로를 안아든 나는 불안 섞인 목소리로 묻는 융융에게 말했다.

"예, 여행을 떠날 거예요. 융융한테만 가르쳐주는 건데 사실 제가 폭렬마법을 좋아하는 데에는 이유가 있어요."

쿠로는 내 로브의 어깨 부분이 마음에 들었는지 발톱을 세우면서 꽉 매달렸다.

나는 그런 쿠로의 머리를 쓰다듬어주면서 부모님에게도 말하지 않았던 그 일을 융융에게 이야기했다.

"저는 어릴 적에 마수에게 공격을 받은 적이 있어요. 그때 지나가던 마법사 언니가 폭렬마법으로 그 마수를 격퇴했죠. 그때 본 폭렬마법의 파괴력. 압도적인 폭력. 절대적인 힘. 그것은 최강 마법이라는 말에 걸맞은 엄청난 위력이었어요.

그것을 한 번 봤더니 다른 마법을 익힐 마음이 들지 않았어요."

후드를 쓴 언니의 목소리와 분위기는 이제 기억 속에서 흐릿해지고 있지만 그때 본 폭렬마법만큼은 지금도 선명하게 기억하고 있었다.

그것을 떠올리기만 했는데도 가슴이 뜨거워지면서 아파왔다.

나는 후니후라와 도돈코처럼 사랑 이야기에 관심이 있지도 않고 융융처럼 족장이 되기 위해 노력한다 같은 멋진 목표도 없다.

그저, 그때 그 사람을 다시 만나 내 폭렬마법을 보여주고 싶을 뿐이다.

그 사람을 다시 만나 고맙다는 말을 한 후…….

……물어볼 것이다.

당신이 가르쳐준 제 폭렬마법은 어떤가요— 라고 말이다.

그런 내 유일한 꿈을 밝히자, 아까까지만 해도 불만 섞인 표정을 짓고 있던 융융은 왠지 납득한 듯한, 개운한 표정을 지으면서 한숨을 내쉬었다.

"그런 이유가 있다니 나도 더는 아무 말도 안할게. 하지만 폭렬마법사의 길은 험난하기 그지없어. 메구밍의 마력량이라면 마법을 쓸 수 있을지도 모르지만, 쏜 후에는 마력을 다 소모해서 꼼짝도 하지 못할 거야. 여행을 하는 건 좋지만 혼자서 여행을 하다간 마법을 쓰고 움직이지 못하게 됐을 때 다른 몬스터에게 공격을 받을걸? 같이 여행할 동료는 있어?"

"융융과 맞먹을 만큼 친구가 없는 저한테 같이 여행할 동료가 있을 리 없잖아요."

"그게 무슨 자랑이야?! 저기, 여행을 떠난다고 해도 마법을 익히자마자 바로 여행을 떠나려는 건 아니지? 한동안은 마을에 남아있을 거지?"

"뭐, 그래요. 여동생을 이대로 두고 갈 수는 없으니까요. 한동안은 마을에서 아르바이트라도 하다 적당한 때에 여행을 떠날 거예요."

융융은 내 말을 듣더니 안도의 한숨을 내쉬었다.

"융융은 이대로 마을에 남아서 족장 자리를 이어받을 거죠? 홍마족 족장 자리는 대대로 세습제니까요."

"그래. 언젠가 족장이 될 거라고 생각해. 하지만 그때까지 나도 많은 경험을 쌓고 싶어. 아직은 메구밍에게 도움만 받고 있지만, 언젠가는……."

융융이 말을 이으려던 순간 내 어깨에 타고 있던 쿠로가 조그마한 소리에 반응했다.

첨벙첨벙 하고 물소리가 들렸다.

그 소리가 들린 곳을 쳐다보니—.

"어머나! 야생 파오리야! 파오리가 마을 안까지 들어오다니 정말 신기한 일도 다 있네……."

공원 연못에서 헤엄치고 있는 파오리가 우리에게 다가왔다.

이 파오리는 매우 맛있고 경험치도 많이 주는데다, 다른 몬스터에게 공격을 받지 않는 특수한 습성을 지녔다.

어떤 몬스터 학자는 사랑스러운 겉모습이 몬스터들에게도 보호욕구를 느끼게 하는 것이 아닐까 하고 추정했다.

연못에서 나와 뒤뚱뒤뚱 다가온 파오리는 동그란 눈동자로 융융을 쳐다보았다.

융융은 파오리에게 겁을 주지 않기 위해 그 자리에서 몸을 굽히더니 상냥한 표정을 지으며 아까 하려다 말았던 말을 계속했다.

"……아직은 메구밍에게 도움만 받고 있지만, 언젠가는 이 마을 제일의 마법사가 되어서 이 파오리처럼 약한 애를 지켜주는 그런……."

"꾸엑!"

융융이 계속 무슨 말을 했지만 나는 그 말을 한 귀로 흘리면서 파오리의 목을 졸랐다.

그리고 축 늘어진 파오리를 치켜들면서 말했다.

"메구밍은, 저녁 반찬을 손에 넣었다!"

"바보오오오오오오오오오~!!"

그런 나에게 융융이 울면서 달려들었다.

—라운드 2!

10

"……정말, 융융 때문에 이렇게 주위가 어두워졌잖아요."

"내 탓인 거야?! 내 탓인 거냐구! 그것보다 어째서 그렇게 사랑스러운 생물의 목을 조를 수 있는 거야? 메구밍은 무슨 짓을 하든 인정사정없네! 좀 사람다운 마음을 가지란 말이야!"

융융은 여전히 화를 내면서 앞장서서 걷고 있었다.

그 후 또 싸운 탓에 주위는 완전히 어두워졌다.

마을 주위에 있는 마법이 걸린 가로등이 길을 밝히고 있었다.

"오늘은 1승 1패. 즉, 무승부니까 승부 자체를 하지 않은 걸로 해도 되겠죠?"

"되, 되기는 무슨! 내가 1승을 한 건 사실이잖아?! 나는 항상 지기만 했기 때문에 이제 와서 진 횟수가 한 번 더 늘어봤자 아무렇지도 않아! 플러스마이너스 제로가 아니라, 1승 1패라구! 후훗, 오늘 일은 일기에 적어둬야지. 메구밍에게 이겼다고 말이야."

"그 후 완전히 제압당한 채 지면에 널브러졌다는 것도 적어두세요."

"그건 인정 못해! 쿠로를 방패막이로 삼지 말라구! ……왜 이 애는 이런 꼴을 당했는데도 메구밍을 따르는 거지?"

융융은 쿠로를 바라보면서 영문을 모르겠다며 고개를 갸웃거렸지만, 당사자인 검은 고양이는 내 어깨에 들러붙은 채 하품을 하고 있었다.

정말 특이한 고양이다.

보통 이렇게 시끌벅적하면 도망치거나 울어야 할 텐데 말이다.

나는 전리품인 파오리를 들고 가벼운 발걸음으로 집을 향했다.

나는 융융에게 얻어먹었지만 여동생은 배고픔을 참고 있으리라.

빨리 돌아가서 이 전리품을 먹여줘야겠다.

융융은 파오리를 들고 콧노래를 부르면서 집으로 향하는 나를 도끼눈으로 쳐다보고 있었다.

"메구밍은 정말 여자애 맞아? 색기 같은 건 대체 어디다 팔아먹은 거야?"

"융융은 정말 족장의 딸이 맞나요? 홍마족의 고상한 센스는 대체 어디다 팔아먹은 거죠?"

다음 순간 걸음을 멈춘 우리는 미소를 머금은 채 아무 말 없이 서로에게 다가갔다.

오늘의 전적은 1승 1패다.

지금 이 자리에서 결판을 내줄까 라는 생각을 하고 있을 때 융융이 고개를 돌렸다.

"하아……. 정말 메구밍과 나는 왜 매일 다투는 걸까?"

"그건 제가 할 말이에요. 왜 매일같이 저를 걸고넘어지는 거죠?"

"윽……. 그, 그건……."

내가 히죽거리면서 묻자 융융은 얼버무리듯 앞을 보며 걸음을 옮겼다.

나는 여전히 입가를 히죽거리면서 그녀의 뒤를 쫓았다.

"……정말! 모처럼 오늘은 좋은 하루가 될 것 같았는데! 메구밍은 하루도 빠짐없이 사고를 쳐야만 성에 차는 거야? 장래에 같은 파티에 소속된 동료들에게 폐를 잔뜩 끼칠 것 같아!"

"무슨 소리를 하는 거예요. 저는 폭렬마법을 익힌 후 파티 내 최대 화력 보유자가 되어서 마왕군 간부들조차 박살내버릴 거라고요. 홍마족 제일의 천재인 제가 들어간 파티잖아요. 분명 전 세계에 이름이 널리 알려져 있으며 상급 직업만으로만 구성된 엘리트 집단일 거예요……!"

내가 융융을 쳐다보며 아직 만나지 못한 미래의 파티 멤버들을 상상하던 바로 그때였다.

—대앵, 대앵 하는 새된 소리가 홍마의 마을에 울려 퍼졌다.

분명 이 종소리는 긴급 사태가 발생했을 때만 울리는 종소리다.

대체 무슨 일이지 하고 생각하면서 소리가 난 쪽을 쳐다보니…….

어둑어둑한 하늘로 날아오르는 수많은 몬스터들이 눈에 들어왔다.

그것들은 마치 뭔가를 찾듯 사방팔방으로 흩어지고 있었다……!

"메……, 메메, 메구밍! 저거! 저저저저, 저건……!"

"지, 지지, 진정하세요, 융융! 담임이 말했었잖아요! 사신을 억지로 재봉인한다고요! 그리고 매사에 대충인 그 담임이 말했었잖아요! 만약 실패했을 때에는 준비해둔 그것을 사용한다고요! 그러니 금방 해결될 거예요!"

솔직히 말해 담임은 실패해줬으면 좋겠다는 반응을 보였다.

그러니 걱정할 필요는 없을 것이다.

아니, 담임이 일부러 실패한 것일지도 모른다는 생각마저 들었다.

어깨에 들러붙어있는 쿠로가 어찌된 영문인지 가방 안에 들어가려 했다. 평소에는 그렇게 싫어했으면서 말이다.

이 능글능글한 새끼 고양이도 몬스터는 무서운 걸까.

"저기. ……저, 저기!"

바로 그때, 융융이 쿠로를 가방에 넣는 내 소매를 잡아당겼다.

융융은 새파랗게 질린 얼굴로 하늘을 올려다보더니―.

"이…… 이쪽으로 오는 것 같지 않아?"

하늘에서 이쪽을 향해 곧장 날아오고 있는 몬스터를 손가락으로 가리켰다.

"도망치죠! 여기서는 저희 집이 가장 가까워요! 융융, 만일 저에게 무슨 일이 생기면 절대 저를 신경 쓰지도, 그리고 저를 돌아보지도 마세요! 이 자리는 당신에게 맡기고 먼저 가겠어요!"

융융이 그 말을 듣더니……!

"바, 바보! 무슨 소리를 하는 거야? 메구밍을 두고 갈 수 있을 리가…… 없잖…… 어, 어라? 방금 뭐라고 했어?! 저기, 뭐라고 했냐구!"

방금 내가 한 말을 흘려듣지 않은 융융은 울먹거리면서 항의했다.

그 말을 흘려들으면서 뒤쪽을 쳐다보니 몬스터들이 하늘을 활공하면서 쫓아오고 있었다.

"유, 융융! 스킬 포인트는?! 상급 마법 습득에 필요한 스킬 포인트는 아직 모이지 않은 건가요?!"

"안 모였어! 메구밍이 폭렬마법을 포기하고 상급 마법을 익히면 저런 몬스터쯤은 단숨에 쓸어버릴 수 있잖아?! 저기, 그렇게 해~!"

융융이 우는 소리를 했지만 절대 그럴 수는 없다!

폭렬마법을 익히기 위해, 그저 그것만을 위해 지금까지 노력해왔으니까 말이다!

"안 돼. 따라잡히겠……! ……어?"

"……그냥 지나가네요."

몬스터들은 우리에게는 눈길도 주지 않더니 그대로 어딘가를 향해 날아갔다.

나는 안도의 한숨을 내쉰 후 종이 울린 방향을 쳐다보았다.

종소리가 울려 퍼지고 있는 어둑어둑한 하늘을 푸르스름한 번개 몇 줄기가 가르고 지나갔다.

분명 저 밑에서는 마을 어른들이 이 기회에 실력 발휘를 하고 있으리라.

이대로 가면 곧 몬스터들을 제압할 수 있을 테지만 그래도 빨리 집에 돌아가는 편이 좋을 것이다.

"융융도 저희 집에서 자고 가요."

"뭐?! 자, 자고 가라구?! 정말?!"

"예. 융융의 집은 여기서 꽤 떨어진 곳에 있잖아요. 몬스터가 어슬렁거리는 이 상황에서 어떻게 거기까지 가려는 거죠? 제 잠옷을 빌려주겠지만 가슴이 갑갑하다든다 옷자락이 짧다 같은 소리를 하면 알몸으로 재울 거예요."

"그, 그런 말 안 해! 그 정도는 참을 수 있어!"

가슴이 갑갑하거나 옷자락이 짧을지도 모른다는 사실은 융융도 부정하지 않았다.

3라운드를 시작할까도 생각했지만 지금은 그런 짓을 할

상황이 아니었다.

"저희 집은 코앞에 있으니까 빨리 가죠. 오늘은 집에 여동생밖에 없어요. 지금쯤 주린 배를 부여잡고 문단속을 한 후 혼자서 집을 보고 있을 거예요. 낡고 좁은 집이지만 문단속만 잘 하면 그 몬스터들도—."

침입할 수 없다.

—나는 그렇게 말하려다…….

들고 있던 파오리를 놓치고 말았다.

그리고 무참히 파괴된 집의 문을 쳐다보면서 중얼거렸다.

"…………코멧코?"

막간 극장【4막】

—이 마을 소녀에게 닭고기 달걀덮밥을—

“자, 드디어 퍼즐을 다 풀었나 했더니 이번에는 이런 게 튀어나왔다고, 코멧코 양.”

“뭐라고 쓰여 있는 건지 못 읽겠어. 호스트 님, 읽어줘.”

…………

“이제 호스트 님이라고 부르지 마. 나도 코멧코 양 말고 코멧코라고 부를게.”

“알았어.”

서로를 쳐다보며 고개를 끄덕인 후 호스트는 무덤에 떠오른 글자를 읽었다.

“『봉인을 풀려하는 자여. 그대, 제단에 제물을 바쳐라. 신에게 바칠 공물이란 암탉과 그 새끼. 그것들을 바치며 기원을…….』 마지막 부분은 읽을 수 없지만 아무래도 제물을 바치라는 것 같군. 암탉과 그 새끼라. 이런 제물은 가능한 한 호화롭고 화려한 게 좋지. 공물을 숲에서 사냥으로 마련하는 건 어려울 거야…….”

끙끙거리며 고민하던 호스트는 가볍게 손뼉을 쳤다.

“좋아! 어이, 코멧코. 돈을 줄 테니까 마을에 가서 암탉과 새끼를 사와라! 가장 좋은 걸로 말이다!"

"알았어!"

나는 호스트가 준 돈을 받은 후 마을을 향해 달려갔다.

—한 시간 후.

"다녀왔어! 사왔어!"

"음, 잘했다. 칭찬해주…… 어라, 이거 뭐야?"

호스트는 내가 떨어뜨리지 않도록 조심하면서 들고 온 쟁반에 놓인 것을 보더니, 고개를 갸웃거렸다.

나는 그것을 조심조심 제단 위에 올려놓은 후 말했다.

"제물인 닭고기 달걀덮밥이야."

"이 멍청아!"

호스트는 쟁반에 놓인 그릇의 뚜껑을 열고 안에 있는 것을 보더니—.

"아아……. 너 말이야. 확실히 비문에 적힌 대로 암컷새와 그 새끼로 된 거지만, 닭고기 달걀덮밥으로 풀리는 봉인이 존재할 리가 없잖아. 겨우 월버그 님의 반신과 만날 수 있을 줄 알았는데……."

"월버그 님이 누구야?"

"아앙? 월버그 님의 정체는 말이지, 엄청 거대한 칠흑빛 마수야. 그 모습을 네가 보면 그대로 오줌을 지릴걸? ……

하아, 이건 내가 준비할 수밖에 없나. 어쩔 수 없지. 조금 시간이 걸리겠지만…….”

호스트는 그렇게 중얼거리더니 날개를 펼치고 어딘가로 날아가려 했다.

그리고 날아오르려던 호스트는 나를 향해 고개를 돌리더니…….

“……이렇게 됐으니 아무래도 한동안은 만나지 못할 것 같구나. 그럼 나중에 보자. 돌아온 후에 놀아줄 테니까 나에 대해서는 아무에게도 말하지 마라. ……그 덮밥은 네가 먹어도 돼.”

……그렇게 말한 후 이번에야말로 날아올랐다.

—그리고 어느 정도의 시간이 흘렀을까.

내가 제단에 앉아 닭고기 달걀덮밥을 먹고 있을 때였다.

“어?”

수풀 너머에서 느닷없이 부스럭거리는 소리가 들렸다.

그쪽을 쳐다보니, 수풀을 헤치면서 이쪽을 향해 다가오고 있는 칠흑의 마수가 있었다.

……엄청 조그마했지만 말이다.

깜짝 놀라면서 허둥지둥 덮밥을 먹고 있는 내 곁으로 그 마수가 어물거리면서 다가왔다.

아무래도 내가 먹고 있는 닭고기 달걀덮밥을 노리고 있는 것 같았다.

마치 이 닭고기 달걀덮밥이 자기 거라고 주장하는 것 같지만, 이것은 내가 호스트에게 받은 것이다.

내가 선 채로 덮밥을 먹고 있자 흉포한 마수는 나를 덮쳤다!

—발톱으로 내 다리를 긁어대며 공격을 해댔지만 기나긴 결전 끝에 마수는 자포자기한 것처럼 꼼짝도 하지 않았다.

내가 꼭 끌어안고 머리를 깨물어줬더니 마수는 축 늘어졌다.

이겼다—!

나는 격전 끝에 손에 넣은 전리품을 들고 집으로 돌아갔다.

제5장
폭렬광의 탄생
프렐류드

1

좁고 낡은 우리 집 안을 휘젓고 다니는 소리가 들렸다.

그것은 집 안에 있는 누군가가 뭔가를 찾고 있다는 것이다.

그리고 그 누군가는 분명 아까 봤던 몬스터가 틀림없으리라.

그리고 집 안에는—.

"코, 코코…… 코멧코…… 코멧코가……."

"메메, 메구밍, 진정해! 지지지, 진정하라구!"

내가 파괴된 현관을 향해 비틀거리면서 걸어가자 융융은 내 어깨를 잡고 흔들었다.

"……코멧코가아아아아아아앗!"

"진정해! 메구밍, 진정하란 말이야!!"

융융의 말을 듣고서야 정신을 차린 나는 재빨리 머리를 굴렸다.

그렇다. 이럴 때야말로 차분하게 생각해야만 한다.

"괜찮아요! 사실 제 여동생은 폭식(暴食)의 신 아스트로볼그의 환생! 핀치에 처하면 봉인에서 풀려나, 이윽고 저와 함께 세계를 석권—."

"진정해! 정신차리라구!"

"으윽?!"

융융에게 따귀를 맞고서야 나는 정신을 차렸다.

"아야야……. 바, 바보 같은 소리나 할 때가 아니에요, 융융! 집 안에는 코멧코가 있을 거예요. 빨리 잠입해서 구출하죠! 처세술이 뛰어나고 씩씩한 그 애가 순순히 몬스터의 먹이가 되지는 않았을 거예요! 자, 어물거리지 말고 빨리 가죠!"

"……왜, 왜 석연치 않은 기분이 드는 거지……."

투덜거리면서 내 뒤를 따라온 융융은 허리에 찬 단검을 뽑아들었다.

"이럴 때는 융융의 기행이 도움이 되는 군요. 저는 변변찮은 무기를 가지고 있지 않아요. 여차하면 융융만 믿을게요."

"기행?! 기행은 또 무슨 소리야?! 저기, 나 또 이상한 짓을 한 거야?!"

"물론이죠. 아무리 마음에 들었다고 해도 학교까지 날붙이를 가지고 오는 이상한 여자애는 아마 융융뿐일 거예요."

"으윽……! 그, 그건 그렇지만……. 그렇지만! 왜 아까부터 계속 석연치 않은 기분이 드는 거야……!"

시끄러운 융융을 향해 고개를 돌린 나는 조용히 하라며 입술에 손을 댄 후 덜컹거리는 소리가 들리는 집 안으로 살금살금 들어갔다.

집에서는 코멧코의 비명소리가 들려오지 않았다.

한순간 최악의 사태를 상상했지만 내 여동생은 거물이니

분명 괜찮을 거라고 되뇌면서 마음을 진정시키며……!

—현관에 들어선 순간 몬스터와 마주쳤다.

부리가 달린 파충류 같은 얼굴을 지닌 몬스터와 우리는 서로를 응시한 후—.

"…………아, 아아아아아아! 융융융융융! 융융융! 융융!"

"잠깐만, 밀지 마. 방금 내 이름을 이상하게 부르지 않았어? 잠깐만 기다려, 좀 기다리라구!"

"샤아아아아아아아아아~!!!"

"위협하고 있어요! 위협하고 있다고요! 융융, 그 단검으로 화끈하게 해치워버리세요!"

"하, 하지만, 아무리 상대가 몬스터라도, 느닷없이 죽이는 건……!"

우리가 시끌벅적하게 떠들어대자 몬스터는 위협하는 소리를 냈다.

융융은 자세를 낮춘 채 단검을 쥐고 있었지만 금방이라도 울음을 터뜨릴 것 같은 얼굴로 희미하게 떨고 있었다.

그런 융융을 본 몬스터는 우리가 만만한 상대라고 생각했는지 팔을 펼치면서 우리를 잡기 위해 천천히 다가왔고—.

"지금이에요!"

나에게 등을 떠밀린 융융에게 복부를 찔린 몬스터는 비명을 질렀다.

"히갸아아아아아아아앗!"

"꺄아아아아아아아아아!"

참고로 몬스터를 찌른 융융도 비명을 질렀다.

몬스터가 배를 찔린 채 현관 앞을 굴러다니자, 나는 비명을 질러대는 융융에게서 단검을 빼앗은 후 그것을 양손으로 잡고 몬스터의 목에 찔러 넣었다.

"아, 아아아아아아앗! 메구밍이! 메, 메구밍이이이이!"

"시, 시끄러워요, 융융! 마왕도 두려워하는 홍마족이 몬스터 제거를 주저하면 어떻게…… 해……요……?"

…………응?

나에게 찔린 몬스터의 상태가 좀 이상했다.

아니, 정확하게는…….

"……사라졌어?"

"어, 어째서?"

목을 찔린 몬스터는 잠시 동안 괴로워하다가 검은 연기가 되어 사라졌다.

어째서 시체를 남기지 않는 걸까.

바로 그때 나는 집 안에서 아무 소리도 들리지 않는다는 사실을 눈치챘다.

즉, 집안을 뒤지던 몬스터는 방금 사라진 녀석뿐이었다는 것일까.

하지만 집 안으로 향한 몬스터의 숫자는 더 많았다.

아니, 그 이전에 찢어지게 가난해서 먹을 것도 거의 없는 우리 집을 왜 노린 걸까.

아니, 지금 중요한 건 그런 게 아니라……!

"……맞아요! 코멧코! 코멧코, 어디 있죠?! 저예요, 언니예요!"

"코, 코멧코? 코멧코~!"

나와 융융은 집안을 뒤지며 코멧코의 이름을 불렀지만 그녀는 나오지 않았다.

집안을 샅샅이 뒤졌지만 혈흔도 없었다.

그렇다면 집에서 도망쳤을 가능성이 있다.

아니면 몬스터에게 납치당했을지도…….

"융융, 밖이에요! 여동생은 밖에 있을 거예요. 저는 여동생을 찾아올 테니까, 융융은 코멧코가 돌아올 때에 대비해 여기서 기다려주세요. 부서진 현관에 가구를 쌓아 바리케이드라도 만들어 주세요. 아, 이 단검도 좀 빌릴게요."

그럼 갔다 올게요, 라고 말하면서 내가 밖으로 나가려 하자, 융융이 내 옷깃을 움켜잡았다.

"아, 안 돼! 운동신경이 좋지 않은 메구밍이 밖에 나가봤자 잡아먹히기밖에 더하겠어?! 나도 같이 갈래!"

으으…….

"아까 승부에서 저한테 이겼다고 꽤나 기어오르는 군요.

좋아요. 그럼 같이 가죠. 그 대신, 몬스터가 나타나면 융융에게 맡기겠어요."

"뭐?! 그, 그건…… 좀…………."

나와 융융은 그런 소리를 하면서 현관 밖으로 나왔고…….

—집밖에 내팽개쳐뒀던 내 가방을 찢고 있는 몬스터와 마주쳤다.

"쿠로가! 메구밍, 저 가방 안에 쿠로를 넣어뒀지?!"

융융이 그렇게 외치자 내 가방을 찢던 몬스터가 우리의 존재를 눈치챘다.

"이, 이미 그 애는 틀렸어요! 포기하죠! 저희를 위해 숭고한 희생양이 되었으니, 나중에 제대로 된 무덤을 만들어주는 거예요! 걱정하지 마세요! 그 애는 앞으로도 저희와 함께 살아갈 거예요. 그래요. 저희의 마음속에서 영원히 함께……."

"살아있어! 잘 보라구! 쿠로는 아직 살아있단 말이야! 포기하기에는 아직 이르단 말이야!"

융융은 몬스터에게서 도망치려하는 내 목덜미를 움켜잡더니 가방을 손가락으로 가리켰다.

그러자 찢어진 가방에서 기어 나오는 쿠로의 모습이 눈에 들어왔다.

하지만 몬스터는 가방에서 나온 쿠로를 노리기는커녕, 옆에서 가만히 쳐다보고 있었다.

게다가 우리의 존재를 알아챘으면서도 전혀 흥미를 보이지 않았다.

"잘은 모르겠지만 이건 기회예요! 저 털북숭이를 보고 모성애에 눈뜬 건지도 몰라요. 이 틈에 빨리 이 자리를 벗어난 후 제 여동생을……!"

"잠깐만! 부탁이야! 코멧코가 걱정되는 건 알지만, 그래도 쿠로를 구해줘!"

"무슨 소리를 하는 거예요! 저 녀석이 쿠로에게 집착하고 있는 게 안 보여요? 쿠로를 빼앗았다간 분명 우리를 쫓아올 거예요! 왠지 그렇게 될 것 같은 느낌이 들어요!"

내 말을 들은 융융은 버려진 강아지를 주워온 어린애가 부모님에게 호소하는 눈빛으로 나를 쳐다보았다.

……아아, 정말 성가시네!

"도망칠 준비를 해두세요! 여동생이 소중히 기르는 저 털북숭이를 되찾아올게요!"

나는 비상식량 삼아 기르고 있다는 사실은 숨기면서 그렇게 말했다.

융융이 환한 표정을 짓는 가운데 나는 단검을 들고 몬스터의 등 뒤로 몰래 다가가려…….

—한 순간 몬스터가 움직이기 시작했다.

갈고리 발톱이 달린 손을 쿠로를 향해 뻗더니 조그마한

그 몸을 양손으로 꼭 끌어안았다.

몬스터에게 안긴 쿠로는 저항하지도 않고 얌전히 있었다.

날개를 펄럭이면서 하늘로 날아오르려 하는 그 몬스터를 향해……!

"이대로 그 애를 빼앗겼다간, 그 애가 성장하는 날만 손꼽아 기다리고 있는 제 동생에게 원망을 살 것 같아요! 내 투척술을 똑똑히 봐라!"

"아앗~!"

내가 힘차게 던진 단검은 엉뚱한 방향으로 날아갔다.

"……크윽, 바람 결계를 두르고 있을 줄이야……!"

"안 두르고 있어! 메구밍이 이상한 방향으로 던진 것뿐이잖아!"

"그런 사소한 일로 말다툼을 할 때가 아니에요! 쿠로가……!"

"그건 그렇지만! 메구밍 말이 옳지만, 나는 아까부터 계속 석연치 않은 느낌만 든다구!"

나와 융융이 말다툼을 하는 사이, 쿠로를 안은 몬스터는 하늘 높이 날아오르더니 어딘가를 향해 날아갔다…….

—납치당한 쿠로를 배웅한 후 나는 차분한 목소리로 말했다.

"……분명 저 애는 천사였을 거예요. 돌아가야 할 장소로 돌아간 것뿐이죠. 그러니 울어서는 안 돼요. 그저 따뜻한 눈길로 배웅해주는 거예요……."

"이상한 설정까지 더해가며 쿠로를 포기하지 마! 어떻게 하지?! 납치당했어! 분명 둥지에 가지고 가서 먹을 생각인 거야! 어쩌지?! 어쩌지?!"

내가 던진 단검을 회수한 융융이 울먹거리면서 말했다.

"뭐, 진정하세요. 쿠로가 저 몬스터의 품에서 버둥거리지 않은 것을 보면 그렇게 위험하지는 않다고 생각해요. 저 털북숭이는 저희 집에서의 교육 덕분에 자신에게 위험이 닥치면 민감하게 반응하니까요."

"저기, 쿠로를 대체 어떻게 기르고 있는 거야?! 학대하는 건 아니지?!"

융융이 내 어깨를 잡더니 앞뒤로 흔들어대면서 말했다.

어쨌든 지금은 쿠로보다 코멧코가 더 중요했다.

"쿠로 일은 일단 제쳐두죠. 지금은 코멧코가 더 중요해요. 제 여동생은 꽤 근성이 있고 처세술도 좋아요. 영문 모르는 상황에서 함부로 울음을 터뜨렸다가 무참하게 살해당하는 물러터진 애로 기르지는 않았어요. 분명 이 근처에 있을 거라고……."

"그, 그래! 저기, 메구밍. 코멧코가 어디에 있을지 짐작이 안 되는 거야?!"

코멧코가 있을 만한 장소…….

짐작 가는 곳이 있을 리가 없었다.

하지만 요즘 들어 코멧코와 나눈 대화중에 걸리는 부분이 있었다.

왠지, 뭐랄까…….

"짐작 가는 곳은 없지만, 좀 걸리는 일이 있어요. 저도 어릴 적에 코멧코와 마찬가지로……."

집을 몰래 빠져나왔다가 부모님에게 혼나곤 했었다.

―그렇게 말하려다…… 나는 어떤 기억을 떠올렸다.

그것은 바로 어릴 적의 내가 사신을 봉인한 퍼즐을 장난감 삼아 가지고 놀았던 기억이다.

"……아."

"……응? 메구밍, 왜 그래?"

코멧코에게 요즘 밖에서 뭘 하면서 노는지 물었을 때, 그녀는 분명 나에게 이렇게 말했다.

『얼마 전에 찾은 장난감을 가지고 놀아! 언니도 같이 가지고 놀래?』

……이거.

……이, 이거, 혹시……!

"아아……, 아아아아아아……! 호호호, 혹시……!"

"어?! 메, 메구밍, 왜 갑자기 안절부절 못하는 거야……?"

이어졌다. 전부 이어지고 말았다!

가난한 우리 집에 장난감 같은 것은 없다.

하지만 코멧코는 장난감을 가지고 논다고 말했다.

사랑스러운 내 여동생이라면 마을 사람들에게 장난감을 받았을 가능성도 있지만, 가장 가능성이 큰 건……!

2

—마을 외곽에 있는 사신의 무덤.

가로등 불빛에 비친 무덤은 밤이라 그런지 불길한 인상을 자아내고 있었다.

아직도 몬스터가 하늘을 날아다니는 상황에서 우리는 이 곳에 왔다.

몬스터들은 마을 안을 내달리는 우리를 보고도 신경 쓰지 않으면서 계속 뭔가를 찾기만 했다.

"저기, 메구밍. 아무리 그래도 코멧코가 이런 곳에 있을 것 같지는……."

융융이 불안 섞인 목소리로 한 말에 대답하지 않은 나는 수풀에 숨은 채 무덤을 몰래 살펴보았다.

"…………있네."

"…………있네요."

무덤 앞에 있는 코멧코는 무슨 생각인지 퍼즐 조각을 양 손으로 안아든 채 멍하니 서있었다.

나는 코멧코가 안고 있는 것이 봉인의 파편이라는 사실을 알고 있다.

대체 저 애는 저런 걸 들고 이런데서 뭘 하고 있는 것일까.
그런 의문을 느끼며 코멧코의 시선이 향하고 있는 곳을 쳐다보니—.
"……잘 됐네요, 융융. 털북숭이도 무사한 것 같아요."
"이렇게 엄청난 상황에서 왜 그렇게 차분한 거야?!"
퍼즐을 안아든 코멧코는 쿠로를 안아든 몬스터와 아무 말 없이 대치하고 있었다.
"잠깐만, 어, 어, 어, 어쩌지?! 그것보다, 마을 사람들은 다 어디 간 거야?!"
"보아하니 무덤에서 새로운 몬스터가 나오려는 낌새는 없어요. 몬스터가 더 이상 발생하지 않는다는 사실을 확인한 후 이미 나타난 몬스터들을 제거하기 위해 사방으로 흩어진 거겠죠."
아까부터 마을 곳곳에서 각양각색의 마법이 하늘을 향해 발사되고 있었다.
이런 상황만 아니라면 나는 코멧코, 융융과 함께 우리 집 창문을 통해 저 빛을 불꽃놀이처럼 감상하며 즐기고 있었을 것이다.
"뭐, 진정해요. 보아하니 상대는 한 마리예요. 게다가 코멧코에게 정신이 팔려 있죠. 그러니 방심만 하지 않는다면 해치울 수 있을 거예요. 아까도 한 마리 정도는 저희끼리 해치웠잖아요."

"그, 그렇구나. 이미 다 생각해뒀나 보네."

융융도 차분함을 유지하고 있는 나를 보고 마음을 진정시킨 것 같았다.

바로 그때 코멧코가 퍼즐을 지면에 내려놓더니 양손을 들면서 몬스터에게 다가가기 시작했다.

"……코멧코는 대체 뭘 하려는 걸까?"

"위협하고 있는 게 아닐까요? 아무래도 쿠로를 되찾으려는 것 같네요."

코멧코가 살금살금 다가오자 몬스터는 뒷걸음질을 쳤다.

몬스터에게 안긴 쿠로도 희미하게 떨기 시작했다.

"왠지 압도하고 있는 것 같으니, 이대로 계속 쳐다보고 싶지만……. 가죠, 융융. 미끼가 되어주세요!"

"아, 알았……. 잠깐만! 왜 내가 미끼 역할인 거야?!"

"겁쟁이인 융융은 몬스터의 숨통을 끊지 못하잖아요? 그러니 그 단검을 저에게……. 이번에는 안 던질 테니까 빨리 주세요!"

"시, 싫어! 이번에야말로 제대로 할 테니까, 메구밍이 미끼가……! 아, 아앗?!"

서로가 단검을 차지하기 위해 몸싸움을 벌이고 있을 때 융융이 하늘을 올려다보면서 비명을 질렀다.

그쪽을 쳐다보니 다섯 마리의 몬스터가 코멧코를 향해 내려오고 있었다.

“괘, 괘괘괘, 괜찮겠지?! 메구밍한테 좋은 생각이 있지?!”

“물론이죠. 이런 위기 상황에서는 숨겨져 있던 힘이 눈뜨거나 누군가가 도와주러 오는 법이에요. 그러니 저희는 여자애답게 비명이나 지르면서 부들부들 떨고 있으면…….”

“메구밍, 무슨 소리를 하는 거야?! 아니, 그것보다 대체 어디를 쳐다보고 있는 거야?! 눈이 공허해졌잖아! 저기, 혹시 의외로 역경에 약한 거야?!”

내가 현실도피를 하고 있을 때 몬스터에게 포위당한 코멧코가 상대를 위협하듯 괴성을 질렀다.

“키앙~!”

“—저기, 메구밍. 코멧코 말인데, 여러모로 괜찮은 거야? 코멧코는 저 숫자를 상대로 싸울 생각인 것 같아! 아니, 전혀 겁먹지 않은 걸로 모자라 몬스터 쪽이 두려움에 떨고 있다구!”

내 여동생은 진짜로 거물일지도 모른다.

코멧코를 천적으로 여기는 쿠로는 그렇다 쳐도 왜 몬스터들이 두려워하는 것일까.

마치 쿠로의 공포가 전염되기라도 한 것 같았다.

“이, 이럴 때가 아니에요! …………이 방법만큼은 쓰고 싶지 않았지만…….”

나는 그렇게 말하면서 품속에서 비장의 카드를 꺼냈다.

그것을 본 융융이 입을 열었다.

"모험가 카드잖아? ……앗?! 설마, 메구밍, 너……!"

—바로 그 설마다. 이렇게 되면 어쩔 수 없다.

여동생의 목숨과 폭렬마법 중 어느 것이 더 소중한지 묻는다면, 그야 물론……!

"멈춰요!"

몬스터들과 코멧코가 내 목소리를 듣더니 고개를 돌렸다.

나는 모험가 카드를 한 손에 든 채 수풀 밖으로 뛰쳐나갔다.

"내 이름은 메구밍. 홍마족 제일의 천재이자, 상급 마법을 펼치는 자! 자, 제 여동생에게서 떨어지세요!"

"앗, 언니! 저 녀석이 내 식사거리를 빼앗아갔어!"

"코멧코?! 뭐가 네 식사거리인데?! 설마 쿠로를 말하는 건 아니지?!"

모처럼 멋진 장면을 연출했는데 이 두 사람은 정말……!

단검을 쥐고 수풀에서 나온 융융이 내 옆에 섰다.

"……저기, 메구밍. 진짜로 상급 마법을 익힐 거야? 그렇게 폭렬마법을 좋아하면서?"

"……저 정도 천재면 몬스터를 마구 사냥해서 금방 포인트를 모을 수 있을 거예요. 제 아무리 시간이 걸리더라도, 설령 몇 십 년이 걸리더라도 반드시 폭렬마법을 익히고 말 거예요."

……그렇게 말하기는 했지만 좀처럼 결심이 서지 않았다.

몬스터들과 대치하고 있는데도 말이다.

이러는 사이, 표적을 변경한 몬스터들이 우리를 포위하기 위해 다가왔다.

그 중 한 마리가 날개를 펼치며 날아오르더니 하늘에서 우리를 습격하려 했다.

—모험가 카드를 쥔 손이 떨렸다.

폭렬마법을 익히는 것은 어릴 적부터의 내 꿈이었다. 그 꿈을 간단히 버릴 수 있을 리가 없었다.

하지만 그 외에는 여동생을 구할 방법이 없다.

……괜찮다. 또 노력하면 된다.

나 자신을 향해 그렇게 말하면서 모험가 카드를……!

"목소리도, 몸도 떨리네. 아직 결심이 서지 않는 거지?"

융융이 단검을 집어넣으면서 말했다.

그녀는 나와 마찬가지로 모험가 카드를 쥐고 있었다.

"대체 뭘."

하려는 거죠—.

나의 그 말은…….

“『라이트닝』—!”

융융이 읊조린 마법 영창에 막히고 말았다.

3

나는 코멧코의 손을 잡아끌면서 가로등 불빛에 의지해 내달렸다.

“언니! 아까 융융, 엄청났지? 번개가 두둥! 하고 쳤어!”

흥분했는지 코멧코는 내 손을 세게 움켜쥔 채 그렇게 말했다.

“그래요. 대단해요. 저는 완전 융융에게 추월당하고 말았어요! 항상 우물쭈물하기만 하는 애인 줄 알았는데!”

나는 분하다는 듯이 코멧코를 향해 그렇게 말하면서 마을 어른들을 찾기 위해 내달렸다.

—융융이 중급 마법을 익혔다.

마법을 익혔으니 학교를 졸업해야 한다.

그러니 이제는 미숙한 홍마족에게 주어지는 스킬업 포션도 받을 수 없다.

융융이 앞으로 상급 마법을 익히려 한다면 몬스터와의 전투를 통해 레벨을 올릴 수밖에 없다.

그녀는 중급 마법을 습득하기 위해 스킬 포인트를 10포인트 정도 소비했을 것이다.

그것을 메우기 위해서는 그 포인트만큼 레벨을 올려야만 한다.

레벨이라는 것은 고레벨이 될 수록 올리기 어렵다.

아직 레벨이 낮은 융융은 금방 레벨을 올릴 수 있을 것이다.

하지만, 10 이상의 레벨을 올리려면 아무리 빨라도 1년은 걸린다.

내 라이벌은 앞으로 1년 동안 미숙한 홍마족 취급을 당해야 하는 것이다.

족장의 딸로서 계속 노력해오며 항상 우수한 성적을 거뒀는데도 말이다.

"언니, 우는 거야?"

"우는 거 아니에요! 너무 분해서 제 마력이 눈에서 흘러나오는 것뿐이에요!"

전격 마법으로 쿠로를 안고 있던 몬스터의 머리를 박살낸 융융은 말했다.

쿠로는 자신이 회수해서 지킬 테니, 나는 코멧코를 데리고 마을 어른들이 있는 곳으로 가라고 말이다.

내가 마법을 익히는 것을 주저하는 사이, 융융은 견습 마법사에서 벗어났다.

그리고 생물을 죽이는 것을 그렇게 주저하던 그 애는 너무나도 간단히 마법을 사용했다.

융융은 평소 얼간이 같지만 누군가를 지켜야 하는 상황에서는 주저 없이 각오를 다진다.

그런 라이벌이 너무 눈부셔 보였기에—.

"……응? 언니, 왜 그래? 지친 거야?"

내가 걸음을 멈추자, 코멧코는 이상하다며 나를 올려다보았다.

지금쯤 내 자칭 라이벌은 혼자서 몬스터를 상대로 싸우고 있을 것이다.

나한테 제대로 이긴 적이 없는 자칭 라이벌.

괴짜인데다, 친구도 없어서, 항상 나에게 시비를 거는 자칭 라이벌.

—지금 내 꿈을 이루기 위해 이대로 도망친다면……. 내 라이벌을 자칭하는 그 애와 당당히 겨룰 자격을 잃고 만다.

"코멧코는 이 언니를 좋아하나요?"

"좋아해!"

내 여동생은 만면에 미소를 지으면서 바로 대답했다.

"……최강의 마법을 쓰지 못해도 말인가요? 최강의 언니가 아니라도 말인가요?"

"내가 대신 최강이 될 거니까 괜찮아!"

역시 여동생은 미소를 지으면서 주저 없이 대답했다.

이 나이에 최강을 목표로 삼다니, 역시 거물이다.

"……코멧코. 저는 이제부터 융융을 도우러 가겠어요. 그러니까 코멧코는……."

나는 말을 이으면서 하늘을 올려다보았다. 그리고 가장 가까운 곳에서 전투가 벌어지고 있는 장소를 찾았다.

바로 그때 이곳에서 그렇게 떨어지지 않은 장소에서 하늘을 향해 섬광이 뻗어갔다.

나는 몸을 숙여 코멧코와 눈높이를 맞춘 후 그쪽을 손가락으로 가리켰다.

"당신은 방금 빛이 뿜어져 나온 곳을 향해 도망치세요. 거기에는 우리 마을의 어른이 있을 거예요. 하늘을 나는 몬스터는 뭔가를 찾고 있는지 저희에게 적의를 드러내고 있지 않아요. 그리고 이런 소동이 벌어지고 있는 와중에 무사히 사신의 무덤까지 온 당신이라면 분명 괜찮을 거예요. 몬스터의 눈에 띄지 않도록 가로등 불빛 아래는 피하면서 몰래몰래—."

"싫어! 같이 갈래!"

여동생은 힘찬 목소리로 즉시 대답했다.

"……잘 들어요. 저는 이제부터 싸우러 가요. 아무리 강하고 멋진 언니라도 어쩌면 질지도 몰라요. 그러니까—."

나는 설득하려 했지만 내 여동생은 주먹을 말아 쥐더니 씩씩거리면서…….

"나도 싸울래! 빼앗긴 식사거리를 되찾을 거야!"

믿음직하면서도 장래가 걱정되는 발언을 했다.

—나는 왔던 길을 되돌아가면서 여동생에게 말했다.

"잘 들어요! 제 곁에서 떨어지면 안 돼요!"

"알았어!"

"쿠로를 잡고 있는 몬스터에게 달려들어도 안 돼요! 제가 쿠로를 되찾아올게요! 알았죠?!"

"알았어! 가능한 한 해볼게!"

"가능한 한이 아니라 절대로 달려들면 안 된다고요!"

"알았어!"

정말 괜찮을까. 솔직히 엄청 걱정되지만…….

그래도 제대로 납득하지 않은 이 애를 혼자 보내는 게 더 위험할 것 같았다.

……이미 결심은 섰다.

폭렬마법은 포기하지 않을 것이다. 설령 몇 년, 몇 십 년이 걸리든 반드시 익힐 것이다.

길을 좀 돌아서 가게 됐을 뿐이다.

그렇다. 아주 조금만—.

4

"『블레이드 오브 윈드』!"

융융이 고함을 지르면서 휘두른 손날이 허공에서 바람을 일으켰다.

그 한 줄기 바람은 그대로 바람의 칼날이 되어 하늘에 떠 있는 몬스터 한 마리를 벴다.

단순한 중급 마법이 이렇게 치명적인 위력을 발휘할 리가 없다.

분명 융융의 타고난 마력이 강하기에 중급 마법이 이런 위력을 발휘하는 것이리라. 역시 나 다음 가는 실력자다웠다.

현장으로 돌아온 나와 코멧코는 분투하고 있는 융융을 멀리서 지켜보고 있었다.

"언니, 안 나설 거야?"

"코멧코, 조금만 기다려 봐요. 이 현명한 언니는 깨닫고 말았어요. 꼭 상급 마법을 익힐 필요는 없다는 사실을요. 즉, 이 상황을 헤쳐 나갈 수 있으면 되는 거죠."

나는 그렇게 말하면서 전황을 지켜보았다.

……딱히 이제 와서 주저하는 것은 아니다.

대량의 포인트를 소비해야 습득할 수 있는 상급 마법을 익히지 않더라도, 나도 융융처럼 중급마법으로 몬스터들에게 대항할 수 있다면 그편이 낫다.

게다가 지금은 융융이 몬스터들을 몰아붙이고 있었다.

이 몬스터들은 시체가 남지 않기 때문에 융융이 몇 마리나 쓰러뜨렸는지 알 수 없지만 내가 도망쳤을 때만 해도 몬스터가 여섯 마리나 있었다.

그런데 지금은 딱 한 마리만 있었다.

융융은 발치에 있는 쿠로를 지키듯 적들을 막아서고 있었다.

"……하지만 골치 아프게 됐군요. 이대로 있다간 융융이 혼자서 전부 쓰러뜨릴 거예요."

"응? 융융이 다 쓰러뜨리면 안 돼?"

"안 돼요. 그럼 제가 중대한 결의를 다지며 돌아온 의미가……."

바로 그때였다.

내 기원이 하늘에 닿았는지 일곱 마리의 몬스터가 밤의 어둠 속에 몸을 숨긴 채 다가오고 있었다.

마침 잘 됐다. 이제 바람처럼 융융을 도우러 가서 아까 졌던 빚을 갚자!

"내 이름은—."

"내 이름은 코멧코! 집 보기를 전담하는 자이자, 홍마족 제일의 마성의 여동생!"

내 말을 막으며 앞으로 나선 코멧코가 먼저 자기소개를 했다.

"코멧코, 다…… 당신은 정말! 이 언니가 폼 좀 제대로 잡아보려고 하는데 꼭 그렇게 초를 쳐야겠어요?!"

"사과 안 할 거야."

"코, 코멧코!"

"잠깐~! 두 사람 다 왜 이런 곳에 있는 거야?! 도망친 거 아니었어?!"

융융은 차례차례 나타나는 몬스터에게서 눈을 떼지 않은 채 우리를 향해 고함을 질렀다.

그런 융융을 향해 나는 말했다.

"제가 자칭 라이벌에게 빚을 지고 도망칠 리가 없잖아요."

"이제 그 자칭 라이벌이라는 소리 좀 그만 해! 그리고 나는 이제 마법을 익힌 진짜 마법사야! 엉터리 마법사인 메구밍과는 다르다구!"

"엉터리 마법사! 주, 중급 마법사 주제에 입만 살았군요!"

"중급 마법사라는 말은 홍마족에게 있어 욕이나 다름없거든?! 그딴 호칭으로 나를 부르지 마!"

그런 소리를 하는 사이, 아까까지 지상에 있던 몬스터가 갑자기 융융을 향해 몸을 날렸다.

나와 말다툼을 하면서도 몬스터에게서 눈을 떼지 않던 융융은 발치에 있는 쿠로를 안아들더니 재빨리 바닥을 구르면서 공격을 피했다.

그리고 빈손으로 단검을 뽑아들고 상대를 향해 던졌다.

노린 건지 우연인지는 모르겠지만 융융이 던진 단검이 몬스터의 목에 꽂혔다.

"쉬익—!"

단검에 맞은 몬스터는 피리 소리 같은 것을 내면서 목을 움켜잡더니 바닥에 쓰러졌다. 그리고 그대로 검은 연기가 되었다.

그 모습을 본 다른 몬스터가 차례차례 융융을 향해 활강하기 시작했다!

"위기에 처한 것 같군요, 중급 마법사 융융! 이제부터 상급 마법사가 될 제가 저 졸개들을 단숨에 쓸어버리겠어요!"

"뭐어?! 메구밍, 갑자기 무슨 소리를 하는 거야?! 내가 뭐 때문에 중급 마법을 익혔는지 몰라서 그러는 거야……?!"

재빨리 몸을 일으킨 융융은 하늘을 향해 한 손을 들면서 말했다.

"오늘부터 자칭이 아니라 제대로 제 라이벌로 인정해 주겠어요! 그리고 저는 라이벌에게 빚을 지는 건 질색이에요! 혹시 먼저 졸업해서 저와 차이를 벌릴 생각이었나요? 그러고 보니 같이 졸업하고 싶다고 했었죠? 자, 이걸로 같이……."

"『파이어볼』!!!!"

"어?! 잠깐……!!"

융융은 내 말을 끝까지 듣지도 않은 채 적을 향해 마법으로 된 불덩어리를 날렸다.

그 마법은 분명 모든 마력을 다 쏟아 부어서 날린 것이리라.

몬스터들의 한 복판에 작렬한 그 불덩어리는 중급 마법을 초월한 규모의 폭발을 일으키면서 주위를 굉음으로 가득 채웠다!

하늘에서 내려온 일곱 마리의 몬스터는 검은 연기가 되어 사라졌다.

그와 동시에 적을 전멸시킨 것을 확인한 융융은 마력을 다 써버렸기 때문인지 무너지듯 지면에 한쪽 무릎을 꿇었다.

그리고 융융은 허둥지둥 다가온 나에게—.

"이걸로……. 메구밍이 상급 마법을 익힐 필요는 없어졌네……!"

의기양양한 표정을 지으며 그렇게 말했다.

"……정말 못 말리는 애라니까요. 융융은 저한테 그렇게 폭렬마법을 익히는 걸 관두라고 했으면서, 왜 생각이 바뀐 거죠?"

나는 바닥에 주저앉은 융융에게 어깨를 빌려줬다.

"따따, 딱히 생각이 바뀐 건 아냐……. 메구밍이 폭렬마법을 익히는 것에는 지금도 반대하지만 그래도 이런 식으로 꿈을 포기하는 건 좀 그렇다고나 할까……. 게, 게다가! 모처럼 중급 마법을 익혀서 빚을 지웠잖아! 그러니 간단히 갚게 놔둘 수는 없어! 게다가 메구밍에게 빚을 지울 기회는 이제까지 한 번도 없었다구!"

"그 빚은 마력을 다 써서 제대로 움직일 수 없는 융융을 집까지 옮기는 걸로 갚은 게 되겠지만요."

"뭐?!"

나는 융융을 억지로 일으켜 집까지 옮기려 했다. 그런 나를 향해 뛰어온 코멧코가 쿠로를 넘겨받았다.

코멧코가 눈을 반짝이면서 쿠로를 쳐다보는 건 쿠로가 무사해서 다행이라고 여기고 있기 때문이라고 생각하고 싶다.

"저기, 메구밍! 중급 마법을 익혀가면서까지 너를 도왔는데 나를 집에 데려다주는 걸로 갚겠다고 치는 건 너무하다고 생각해!"

"정말 시끄럽네요. 마력을 전부 다 써서 제대로 움직이지도 못하니 여기 방치해두면 다른 몬스터에게 잡아먹힐지도 모르잖아요? 즉, 저는 융융에게 있어 생명의 은인이라고 해도 과언이 아니에요. ……어때요? 이 정도면 저를 구해준 것과 피장파장 아닌가요?"

"그건 완전 억지잖아! 나는 목숨을 걸고 몬스터를 상대했는데, 메구밍은…………."

나를 향해 고함을 지르던 융융이 갑자기 입을 다물었다.

그녀의 시선이 향하고 있는 곳을 쳐다본 나 또한 융융과 마찬가지로 말이 없어졌다.

"언니, 날개 달린 게 잔뜩 나타났어! 저기, 저거 먹을 수 있어? 저거, 먹을 수 있는 거야?"

우리는 어두운 밤하늘을 가득 채운 몬스터 무리를 올려다보며 즐거워하는 코멧코의 목소리를 듣고 있었다.

5

왠지 오늘은 하루 종일 뛰어다니기만 하는 느낌이 들었다.

"메, 메구밍, 아파! 신발 바닥이 닳아서 없어질 것 같다구!"

내 등에 업힌 윰윰이 우는 소리를 했다.

"어리광부리지 마세요! 그리고 키 차이가 나니 어쩔 수 없잖아요! 그렇게 다리가 아프면 좀 더 굽히세요!"

"그럼 내가 윰윰의 발을 들어줄게!"

나는 마력을 다 써서 움직이지 못하는 윰윰을 업는 후 코멧코의 손을 잡아끌면서 어두운 길을 필사적으로 달렸다.

"아야야야! 코멧코, 잠깐만! 이 자세에서 두 다리를 들어올리면 새우꺾기 같은 자세가 돼!"

"이런 비상시에 두 사람 다 뭘 하는 거예요! 등 뒤에서 날뛰지 좀 마세요! 확 두고 가 버릴 거예요!"

불평을 늘어놓는 사이에도 하늘을 뒤덮은 몬스터 무리가 차례차례 우리를 향해 활강하고 있었다.

……왜 이렇게 몬스터가 몰려드는 걸까.

그런 의문에 대답하듯 우리를 중심으로 사방에서 하늘을 향해 차례차례 마법이 발사되었다.

마법을 사용하고 있는 마을 사람들과 우리 사이의 거리는 어느새 꽤 줄어 있었다.

즉, 이 몬스터들은 모여든 것이 아니라 우리가 있는 곳으로 몰린 것이리라.

"아무래도 이곳으로 몬스터들을 몰고 있는 것 같군요."

"사신의 무덤 쪽으로 부하들을 몰아넣고 있다는 거야?! 대체 왜……. 발생한 몬스터의 숫자가 많아서 이곳으로 몰아넣은 후 다시 봉인하려는 걸까?"

……확실히 융융의 말대로 한곳으로 몰아서 다시 봉인을 하거나, 혹은 엄청난 화력의 마법을 날려 단숨에 해치울 생각인 것이리라.

그렇다면 한시라도 빨리 이곳을 벗어나는 편이 좋다.

그렇지만—.

"……융융. 그 유명한 대사를 할 기회가 왔어요. 나를 두고 먼저 가라고 말해도 돼요."

"두, 두고 가지 마! 아까 메구밍이 말했었잖아! 나를 무사히 집까지 데려다줘서 아까 빚을 갚은 걸로 치겠다고 말이야!"

나는 왜 그런 쓸데없는 소리를 한 것일까……!

몬스터들의 기분 나쁜 울음소리가 울려 퍼지는 가운데 나는 융융을 질질 끌면서 걸음을 옮겼다.

솔직히 말해 내가 상급 마법을 익히더라도 이렇게 많은 숫자의 몬스터를 상대하는 것은 무리다.

가로등 불빛을 피하며 어둠 속에 몸을 숨긴 나는 들키지 않기를 빌면서 이동했다.

바로 그때였다.

"냐옹~."

코멧코가 들고 있는 쿠로가 작게 울음을 터뜨렸다.
—그것은 매우 작은 소리였지만 하늘을 나는 몬스터들은 일제히 우리 쪽을 쳐다보았다.
몬스터들의 그 행동을 보고 감이 왔다!
"코멧코! 그 털북숭이를 하늘 높이 던져 버리세요!"
"무슨 소리를 하는 거야?! 메구밍, 갑자기 무슨 소리를 하는 거냐구!"
"겨우 되찾은 식사거리를 줘버리라구?! 절대 못 해!"
"코멧코까지 무슨 소리를 하는 거야?!"
……맙소사.
이제 와서 이렇게 중요한 사실을 눈치채다니!
저 몬스터들이 우리 집을 습격한 것은 쿠로를 노린 것이리라.
그러고 보니 학교 야외 수업 때도 그랬다.
그 몬스터는 다른 학생들이 잔뜩 있는데도 쿠로를 데리고 있던 나를 쫓아왔다.
요즘 들어 자주 외출했던 코멧코는 사신을 봉인한 파편을 가지고 놀았다.
그리고 코멧코는 어느 날 느닷없이 털북숭이를 데리고 돌아왔다.
바로 그때부터 사신의 부하들이 목격되기 시작했고…….
쿠로가 울음소리를 내자 사신의 부하들이 일제히 반응을 보였다.

그 모든 것들을 통해 도출된 결론은—!

"아앗, 머리가 아파요! 내 뇌가 더는 이 일에 대해 생각하지 말라면서 자기방어를 하기 시작했어요……!"

"저기, 메구밍은 아까부터 무슨 소리를 하는 거야?! 이런 상황에서 현실도피 좀 하지 마!"

융융의 말을 듣고 정신을 차린 나는 다시 한 번 현재 상황을 파악했다.

하늘을 날고 있는 모든 몬스터들이 우리의 존재를 눈치챈 것 같았다.

확 쿠로를 넘겨준 후 도망치고 싶지만…….

"언니, 새고기가 잔뜩 있어! 왕창 잡아서 돌아가자!"

희미하게 떨고 있는 쿠로를 안아든 채 미소를 지으면서 그런 소리를 하는 거물 느낌 물씬 나는 내 여동생.

그런 여동생의 눈부신 시선을 받은 나는 업고 있던 융융을 내려놓은 후 하늘을 올려다보면서 모험가 카드를 꺼내들었다.

"메, 메구밍?"

융융은 불안 섞인 목소리로 그렇게 중얼거렸다.

멀지 않은 곳에서는 하늘을 향해 차례차례 마법이 발사되고 있었다.

내가 상급 마법을 익혀 시간을 벌자.

이 거리에서 하늘을 향해 마법을 날리면 분명 어른들이

이곳으로 달려올 것이다.

"언니, 왜 그래? 평소보다 눈이 빨개."

빨간 것도 무리는 아니다.

이렇게 감정이 격해졌으니까 말이다.

"융융은 코멧코와 같이 있어요."

나는 하늘을 올려다보면서 내 안에 내재된 마력을 연성했다.

마법을 써본 적은 한 번도 없지만, 홍마족은 몸 안에 흐르는 마력을 다루는 법을 본능적으로 알고 있다.

하늘을 날고 있는 사신의 부하들은 우리가 쿠로를 인질로 잡았다고 생각하는지 하늘에 떠있기만 할 뿐 내려오지 않았다.

하지만 계속 지켜보기만 할 생각은 없는지 몬스터 무리는 사소한 계기만 있어도 일제히 쇄도할 낌새를 보이고 있었다.

—만약 내가 마법을 날린다면 그것이 계기가 될 것이다.

괜찮다. 이미 결심은 섰다.

"메, 메구밍, 몬스터들이 이쪽을 계속 살피고 있는 것 같으니까, 이대로 어른들이 올 때까지 버티는 편이 좋지 않을까……?!"

후회도 하지 않을 것이다. 앞으로도 계속 노력할 수 있다.

"언니. 눈이……."

쿠로를 안고 있는 코멧코가 불안한 표정을 지으면서 나를 올려다보았다.

나는 여동생을 안심시키려는 것처럼 머리를 쓰다듬어줬다.

그리고 각오를 다지며 상급 마법을 익히기 위해 모험가 카드를 쳐다본 순간.

—나는 한순간 딱딱하게 얼어붙었다.

그리고 무심코 웃음을 터뜨렸다.

"왜, 왜 그래? 메구밍, 진짜로 이상해진 거야?!"

"언니가 정신줄을 놨어!"

"무, 무례하네요! 두 사람 다 무슨 소리를 하는 거죠?!"

두 사람에게 그렇게 말하면서도, 나는 모험가 카드에서 눈을 떼지 못했다.

—스킬 포인트가 모였다.

폭렬마법을 습득하는 데 필요한 포인트가 모인 것이다.

6

바보 같은 짓이라는 걸 알면서도 계속 추구해왔던 이 마법.

"언니가, 찌릿찌릿하고 있어! 빠직빠직하고 있다구!"

"메메메, 메구밍?! 이, 이게 대체 뭐야?! 대체 어떤 상급 마법을 쓸려는 건데?! 아니, 마을 사람들이 마법을 쓸 때도 이런 현상은 일어나지 않았어! 저기, 이건 어떤 마법인 거야?!"

머나먼 과거에 통째로 외운 후 하루도 빠짐없이 외웠던 이 주문.

연성된 마력, 그리고 읊조린 주문에 응하듯 주위의 공기가 변하기 시작했다.

나를 둘러싸듯 정전기가 흐르더니 주변의 경치가 희미하게 일그러지기 시작했다.

그것도 그럴 것이 마법을 처음 써보는 내가 지금 쓰려는 것은 최상급 난이도를 자랑하는 폭렬마법이다.

모든 마력을 마법에 제대로 쏟아 붓지 못해서 새어나온 마력이 주위에 간섭하고 있는 것이리라.

—나는 폭렬마법의 주문을 영창하면서 떠올렸다.

폭렬마법을 습득하기 위해서는 1포인트만 더 모으면 됐다.

그리고 융융과 공원에서 싸운 후 불현듯 나타난 파오리의 목을 비틀어 죽였다.

그 때 레벨이 올라 스킬 포인트를 얻은 것이리라.

범상치 않은 분위기를 느낀 사신의 부하들이 갸아 갸아 하고 괴성을 내면서 떠들어댔다.

마법을 발동시키는 주문을 한 소절씩 외울 때마다 마력이 소모되어가는 것이 느껴졌다.

마력량에는 자신이 있지만 일말의 불안감을 느낀 나는 식은땀을 흘렸다.

폭렬마법은 마력 소비량이 모든 마법 중 가장 많기 때문에 타고난 마력만으로는 발동을 시키지 못한다. 그래서 습득을 하고도 사용하지 못하는 자가 많다.

교과서에 적힌 문장이 내 머릿속을 스쳤지만 홍마족인 자신이 쓰지 못할 리가 없다고 생각하며 고개를 저은 후 계속 영창했다.

이윽고 마법 영창이 끝나자—.

내 손바닥 위에서는 조그마한 빛이 반짝이고 있었다.

……성공했다.

이 조그마한 빛을 만들어내기 위해 어릴 적부터 하염없이 노력해왔다. 그리고 드디어 습득했다.

나에게는 마법의 위력을 증폭시키기 위한 지팡이가 없다.

이대로 폭렬마법을 날려도 그 위력은 원래의 절반 정도에 불과할 것이다.

하지만, 그래도…….

"융융. 코멧코. 머리를 숙인 채 엎드리고 계세요."

하늘을 가득 채운 몬스터 무리를 일격에 해치울 자신은 충분히 있었다.

융융이 힘이 들어가지 않는 몸을 억지로 움직여 코멧코의 곁으로 다가가더니 내 여동생을 감싸면서 바닥에 엎드렸다.

융융은 내가 뭘 하려는 것인지 눈치챈 것 같았다.

손바닥 위에서 반짝이고 있는 빛은 불타오르고 있는 것처럼 뜨거웠고 방대한 힘을 농축시킨 것처럼 기분 좋은 압박감이 느껴졌다.

괜찮다. 나라면 분명 이것을 제어할 수 있다.

나는 마음속으로 자기 자신을 향해 그렇게 말한 후 하늘을 올려다보았다.

어릴 적부터 익히고 싶었던 폭렬마법.

너무나도 동경했던 폭렬마법.

인생을 걸어도 좋다고까지 생각했던 폭렬마법.

정통으로 맞춘다면 드래곤, 악마, 신, 그리고 마왕조차도 멸할 수 있을지도 모르는, 인류가 지닌 비장의 카드이자 최종수단.

어릴 적, 눈에 새겨졌던 그 광경을 이번에는 직접—.

"내 이름은 메구밍! 홍마족 제일의 천재이자, 폭렬마법을 펼치는 자! 한결같이! 그저 한결같이 추구한 끝에, 드디어 손에 넣은 이 마법! 저는 오늘 이 날을 절대 잊지 않겠어요! ……받아라!!"

눈을 치켜뜨면서 하늘을 향해 손바닥을 내민 나는 외쳤다—!

"『익스플로전』——!!"

내 손에서 발사된 섬광이 몬스터 무리의 한가운데에 꽂혔다.

그 빛은 한 몬스터의 몸 안에 빨려들어가듯 사라지더니…….

잠시 후 눈부신 빛을 뿜으면서 밤하늘에 커다란 꽃을 피웠다—!

"아아아아아아아! 꺄아아아아아아아~!!"

"—으윽!!

"와하하하하하하! 이거예요! 이걸 보고 싶었다고요! 끝내주는 폭렬! 끝내주는 파괴력! 이 끝내주게 기분 좋은 상쾌함!"

융융이 비명을 지르면서 코멧코를 끌어안는 가운데 나는 엄청난 폭풍과 굉음도 개의치 않으면서 끝내주는 기분으로 웃음을 터뜨렸다.

폭발의 충격파 때문에 폭발 지점 바로 밑에 있던 나무가 뿌리 채 뽑혔고 나 또한 그 충격파에 날려 지면을 굴렀다.

방대한 마력을 동반한 돌풍이 불더니, 그 무엇도 저항할 수 없는 압도적인 힘과 불합리한 폭력이 하늘을 뒤덮은 몬스터들을 없애버렸다.

나는 지면에 대자로 뻗은 채 하늘을 올려다보았다.

마력을 전부 소모한 탓에 몸이 나른해진 나는 연기가 걷힐 때까지 눈을 떼지 않았다.

이윽고 연기가 걷히자 아까까지만 해도 그곳을 가득 채우고 있던 몬스터들은 흔적조차 남기지 못한 채 사라졌다.

"……마마마, 말도 안 돼……. 이게 폭렬마법……? 엄청나

다든가, 강하다든가, 그런 수준을 완전히 넘어섰네……. 마력을 제어해서 위력을 증폭시키는 지팡이도 없는데 이렇게 엄청난 위력을 내다니……. 최강마법이라 불릴 만도 해. ……조금, 아주 조금, 메구밍이 폭렬마법에 집착하는 게 이해가 될 것 같아."

폭렬마법의 엄청난 파괴력을 본 융융이 어이없다는 목소리로 그렇게 말했지만…….

그 말에 대답할 생각이 없는 나는 바닥에 드러누웠다.

내 모든 마력만으로도 폭렬마법을 펼치기에는 부족했는지, 체력까지 전부 다 소모하고 말았다.

이 마법을 쓴 후에는 무방비해진다.

그것은 앞으로 내가 모험가로서 살아갈 생각이라면 마력과 체력을 전부 다 소모한 나를 지켜줄 동료가 필요하다는 뜻이었다.

천재라고 불린 나는 혼자서도 충분할 거라고 생각했지만 이번에 융융에게 도움을 받은 거나, 앞으로의 일을 생각해 볼 때 나에게는 동료가 필요할 것이다.

혼자라도 괜찮을 거라고 생각했다.

하지만 혼자서는 할 수 없는 일도 있다.

오늘 있었던 일을 잊지 말자. 그리고 동료를 소중히 여기자.

다가오는 마을 사람들의 당황한 목소리를 들으면서 아직 보지 못한 미래의 동료들을 떠올린 나는…….

—그대로 피로에 몸을 맡기며 눈을 감았다.

"앗~!! 언니가 새고기를 전부 없애버렸어어어엇!"

7

—그 후 며칠이 지났다.

폭렬마법을 본 어른들이 우리 곁으로 몰려온 후 상당한 소동이 벌어졌던 것 같다.

그것도 그럴 것이 현장에는 족장의 딸과 내가 쓰러져 있고, 그런 우리를 지키듯 쿠로를 안아든 코멧코가 서있었던 것이다.

잠이 든 나는 집으로 옮겨졌고 다음날 아침 융융과 함께 담임에게 자초지종을 털어놨다. 그리고 담임에게 혼쭐이 났다.

어른들에게는 집에 돌아와 보니 현관이 박살나 있고 코멧코의 모습이 보이지 않아서 융융과 함께 코멧코를 수색했다고만 전했다.

그리고 현재 마을에는 새로운 문제가 발생했다.

"……저기, 메구밍. 어떻게 할 거야?"

"…………."

융융이 무표정한 얼굴로 묻자 나는 무언의 대답을 했다.

—마법을 습득한 우리는 주말에 졸업식을 하게 되었다.

담임은 그때만 학교에 오라고 우리에게 말했다.

그래서 며칠 동안 딱히 할일이 없는 우리는 집 근처에 있는 공원에서 시간을 때우곤 했다.

"…………저기, 메구밍."

융융의 목소리를 듣고 짜증이 난 나는 고개를 획 돌렸다.

융융은 내가 고개를 돌린 방향으로 이동하더니 더는 대답을 회피하지 못하도록 내 코앞까지 다가와서 말했다.

"…………저기, 메구밍. ……어떻게 할 거냐구우우우우~!"

융융의 말을 듣고 눈을 감은 나는 귀를 막으면서 몸을 웅크렸다.

"안 들리는 척 할 때가 아니잖아?! 어떻게 할 거야! 붓코로리 씨가 말했던 이름마저 잊혀진 꼭두각시와 복수의 여신의 봉인이 풀렸대! 봉인되어 있던 장소는 메구밍이 마법을 쏜 장소야! 그리고 봉인이 풀린 여신은 행방불명 상태라구! 어떻게 할 거야?! 저기, 어떻게 할 거냐구우우우!"

융융은 계속 들리지 않는 척 하는 내 어깨를 잡고 마구 흔들어댔다.

이대로 계속 현실도피를 하고 싶었지만 정정해야만 하는 일이 있었다.

"융융, 잠시만 기다리세요. 그렇게 말하니 마치 제가 봉인을 푼 것 같잖아요."

"푼 것 맞잖아?! 붓코로리 씨가 이 땅에는 위험한 것들이 많이 잠들어있다고 말했었지?! 그런 곳에서 폭렬마법 같은 대마법을 썼으니 강렬한 마력의 여파에 의해 봉인이 풀린 거라구!"

나는 마구 따지고 드는 융융에게 말했다.

"하지만 마을 어른들은 다른 식으로 해석한 것 같던데요? 봉인에서 풀려난 사신이 이름도 잊혀진 여신을 깨워 싸움을 걸었다. 그 싸움에서는 여신 측이 승리했으며 사신의 부하들을 그 폭발로 쓸어버린 후 어딘가로 사라졌다, 라고 말이에요……."

"전부 엉터리잖아! 실은 전부 메구밍이 쓴 마법 탓인데!"

마을 사람들은 코멧코가 사신의 봉인을 풀었다는 사실을 모른다.

그리고 내가 폭렬마법 같은 것을 습득했다는 사실 또한 모른다.

학교 담임만이 우리가 어떤 마법을 습득했는지 알고 있었다.

하지만 내가 폭렬마법 같은 것을 습득했다는 사실이 알려진다면, 그리고 융융이 중급 마법 같은 어중간한 것을 습득했다는 사실이 알려지면 마을 어른들은 낙담할 것이다.

그 점을 알고 있기에 담임은 마을 사람들에게 그 사실을 비밀로 해주고 있었다.

정말 구제불능인 교사라고 생각했지만 어쩌면 꽤 학생들을 생각하는 사람일지도 모른다.

아니, 그것보다…….

"융융, 오늘도 안 되는 건가요……?"

"당연히 안 되지! 겨우 소동이 수습됐는데 또 문제를 일으킬 생각인 거야?! 지금까지도 폭렬마법을 못 썼으니까 얼마든지 참을 수 있지 않아?! ……그, 그렇게 안타까운 눈길로 쳐다봐도 절대 안 돼. 이건 메구밍을 위해서 하는 소리란 말이야!"

융융은 약간 허둥대면서 말했다.

폭렬마법의 감동을 맛보고 며칠이 지난 현재…….

융융은 나에게 폭렬마법 금지령을 내렸다.

모처럼 담임이 마을 사람들에게 비밀로 해주고 있는데 마을 근처에서 마법을 쓰면 소동이 벌어질 거라면서…….

뭐, 그건 확실히 맞는 말이다.

맞는 말이지만…….

"융융. 제가 얼마나 폭렬마법을 사랑하는지 당신은 이미 알고 있죠?"

"으, 응. 메구밍은 보는 사람이 다 질릴 정도로 폭렬마법을 좋아한다는 건 이미 이해했어."

그걸 이해했다면 남은 이야기는 간단했다.

"잘 들어요, 융융. 폭렬마법을 향한 제 사랑은 하루 한 끼만 먹는 대신 매일 폭렬마법을 쓸거니, 아니면 폭렬마법을 참는 대신 하루 세끼에 간식까지 먹을래 라는 선택지를 받았을 때 기쁜 마음으로 하루 한 끼를 고를 정도예요. 폭렬마법을 쏜 뒤에 남은 두 끼와 간식을 먹겠죠. 그 정도로 폭렬마법을 좋아해요."

"흐음……. 식탐이 많은 메구밍이 그렇게 말하다니…….
……응? 으응?! 저기, 한 번만 더 말해볼래?! 뭔가 이상한 말을 들은 것 같은데?!"

융융은 당황한 목소리로 그렇게 말했다. 한편 나는 폭렬마법을 쓰는 건 여러모로 좋지 않다는 것을 알고 있었기에 발치에 들러붙어 있는 털북숭이의 머리를 쓰다듬으면서 말했다.

"뭐, 한동안은 참아보죠. 더는 못 참을 것 같으면 바로 여행을 떠나서 마을 밖 세계를 폭염(爆焰)으로 뒤덮어주겠어요."

"하, 하지 마! 농담이라도 그런 소리 하지 말라구!"

나는 화제를 바꾸려는 것처럼 자리에서 일어나 말을 이었다.

"아무튼 이번에는 부상자도 발생하지 않고 해결되어서 다행이에요. 진상은 다르다고 해도, 마을 사람들이 납득했다면 괜찮지 않을까요?"

나는 그렇게 말하면서 발치에 있는 털북숭이를 안아들었다.

내가 안아든 쿠로를 본 융융은 복잡한 표정을 지으면서 고개를 갸웃거렸다.

"……저기, 쿠로는 결국 뭘까? 왜 몬스터들은 쿠로를 계속 노렸던 거지? 혹시 사신의 관계자인 걸까? 애초에 사신의 봉인은 어쩌다 풀린 거지? 마을 사람들의 말처럼 지나가던 여행자가 장난삼아 풀어버린 걸까……?"

융융은 마지막 핵심은 파악하지 못한 것 같았다.

뭐, 어린애가 호기심 삼아 풀어버렸을 거라고는 꿈에도 모를 것이다.

나도 과거에 똑같은 짓을 하지 않았다면 코멧코를 의심하지 않았으리라.

집에 돌아가서 물어보니 역시 봉인을 푼 이는 코멧코가 틀림없었다.

꾸짖을까도 생각했지만 순진무구한 얼굴로 나를 향해 파편을 내밀며 같이 놀자고 말하는 여동생에게 아무 말도 할 수가 없었다.

피해라고 해봤자 우리 집 현관이 박살난 정도니 이대로 진실을 묻어버리자.

—문제는 이 녀석이다.

"그건 그렇고 이 애는 정말 능글맞네요. 새끼 고양이라면 좀 더 귀여운 구석이 있어도 괜찮을 것 같은데 말이죠."

사신의 부하들은 쿠로를 찾아다녔고 손에 넣은 후에는 소중히 안고 있었다.

어쩌면 쿠로의 정체는—.

"저기, 메구밍. 그 애, 이제부터 메구밍네 집에서 기를 거야? 저, 저기……. 코멧코의 시선이 너무……."

융융이 무슨 말을 하려다 말았다.

융융이 무슨 말을 하고 싶은 것인지는 짐작할 수 있었다.

"어떻게 하죠. 우리 집에 뒀다간 코멧코에게 잡아먹힐지도 몰라요. 하지만 이제 와서 다른 사람에게 맡기거나 내다버리는 것도 좀……."

나는 쿠로를 양손으로 잡고 눈높이까지 들어 올렸지만 이 새끼 고양이는 버둥거리거나 저항하지 않았다.

그런 쿠로를 본 융융이 손뼉을 쳤다.

"그래! 그럼 차라리 사역마로 계약해버리면 되지 않을까? 누군가의 소중한 사역마라면 아무리 코멧코라도……."

말을 이으려던 융융이 점점 말끝을 흐렸다.

그녀가 하고 싶은 말이 뭔지는 금방 알았다.

본능에 따라 사는 내 여동생에게 그런 도리가 통할 리 없다.

하지만, 사역마라…….

"……사신을 사역마로 부리는 마법사도 나쁘지 않을 것 같군요."

"응? 메구밍, 방금 뭐라고 했어?"

융융은 방금 내가 중얼거린 말을 듣지 못했나 보다.

"아, 제 사역마로 삼는 것도 나쁘지 않을 것 같다고 말했어요."

나는 융융에게 그렇게 말한 후…….

어쩌면 엄청난 거물일지도 모르는 털북숭이를 향해 미소를 지었다.

융융이 안도 섞인 한숨을 내쉬는 사이, 나는 어떤 사실을 깨달았다.

"그래요. 제 사역마를 쿠로 같은 가명으로 계속 부르는 것도 조금 그렇겠군요."

"뭐?! 이름이 쿠로면 안 되는 거야?!"

"안 돼요. 센스 없는 특이한 이름으로 계속 불린다면 이 애가 너무 불쌍하잖아요."

"센스 없는 특이한 이름?!"

나는 엄청 충격을 받은 융융을 내버려둔 후 쿠로에게 붙여줄 끝내주는 이름을 생각했다.

바로 그때 쿠로가 몸을 배배 꼬기 시작했다.

마치 지금 이름이 좋다는 듯이 말이다.

"거 봐. 쿠로도 지금 이름이 마음에 든 것 같잖아? 그리고 이 애는 아직 새끼 고양이니까 이름을 자주 바꾸면 혼란스러워 하지 않을까?"

융융이 자신이 붙여준 이름이 좋다고 주장하고 있을 때 나는 좋은 이름이 생각났다.

"정했어요!"

내가 자신만만한 목소리로 그렇게 말하자 융융은 불안한 표정을 지었다.

“저, 저기, 메구밍. 쿠로는 암컷이거든? 그 점도 고려해서, 귀여운 이름을…….”

융융이 잇던 말을 막은 후…….

나는 눈앞까지 들어 올린 사역마를 향해 선언했다.

“—네 이름은 촘스케. 그래요. 촘스케예요!”

언제나 마이페이스였던, 그리고 어쩌면 엄청난 존재일지도 모르는 내 사역마는…….

온몸을 어마어마하게 떨어댔다.

막간 극장【종막】

—상위 악마와 악마 같은 소녀—

"여, 코멧코."

"여, 호스트."

사신의 무덤 앞에 있으니 뭔가를 든 호스트가 날아왔다.

"오래간만이구나. ……그런데, 이건 또 뭐야? 무덤 주위가 난장판이잖아. 게다가 여기 오는 도중에 나무가 뿌리째 뽑혀있는 장소를 봤다고. 대체 무슨 일이 있었던 거야?"

"사신이 부활했대. 봉인에서 풀려난 사신이 이름도 잊혀진 여신을 깨워 싸움을 걸었는데, 결국 져버리고 소멸하고 말았대."

호스트는 들고 있던 뭔가를 떨어뜨렸다.

그것은 커다란 닭과 병아리들이 들어있는 새장이었다.

"거, 거짓마아아아아아알!"

"어른들이 그렇게 말했어."

호스트는 내 말을 듣더니 고개를 푹 숙였다.

나는 그런 호스트보다 새장 안에 있는 닭들이 더 신경쓰였다.

"어, 어째서 월버그 님의 봉인이……. 맙소사, 내가 눈을 뗀 사이에……. ……응? 그런데 이상하네. 월버그 님의 반신이 소멸했다면 내가 이렇게 현세에 존재할 리가 없는데…….”

새장 옆에 앉아서 안에 든 것을 쳐다보고 있을 때 호스트가 갑자기 언성을 높였다.

“그래! 월버그 님의 반신은 아직 소멸하지 않았어! 분명 어딘가를 헤매고 있는 거야. 그렇다면 빨리 보호해야 해…….”

호스트는 그렇게 말한 후 나를 쳐다보았다.

“……거, 뭐냐. 그런고로 나는 이제 가야 한다. 너와도 헤어져야 되겠구나. ……그 제물은 필요 없어졌으니 너한테 주마.”

“그럼 엄마 새는 저녁에 잡아먹고, 새끼 새는 촘스케에게 먹이 삼아 줘야지.”

“잡아먹을 거냐?! 잠깐만, 교육에 좋지 않을 것 같으니까, 역시 이 녀석은 내가 가져가겠어. 그런데 촘스케는 또 뭐야?”

“몸집이 요만한 칠흑의 마수야. 볼래?”

“됐어. 새끼 고양이 같은 거지? 좀 제대로 된 이름을 붙여주라고……. 정말, 이래서 홍마족 녀석들은…….”

호스트는 그런 소리를 하면서 등에 달린 날개를 펄럭였다.

“……어디 가는 거야?”

“어엉? 아까 내가 했던 말 안 들었던 거야? 월버그 님을 찾으러 갈 거다. ……왜 언짢은 표정을 짓는 거야? 어쩔 수 없지. 거 뭐냐, 너는 홍마족이지?”

나는 호스트의 말을 듣고 고개를 끄덕였다.

“너를 볼 때마다 장래에 거물 마법사가 될 것 같은 예감이 마구 들거든? 그러니 말이야, 만약 이 몸과 월버그 님과의 계약이 해지된다면……. 그리고 네가 이 몸을 불러낼 수 있다면 너의 사역마로서 계약해주마.”

“정말?!”

“불러낼 수 있다면 말이다! 뭐, 나정도 되는 상위 악마를 불러내는 건 쉽지 않으니까, 아마 무리겠지만…….”

내가 고개를 갸웃거리자, 날개를 펄럭이며 하늘에 떠있던 호스트가 지상에 내려와 몸을 웅크리더니 나와 눈높이를 맞췄다.

“무리겠지만……. 왠지 너한테서는 악마술사의 소질이 느껴진다. 어쩌면 나를 불러낼 수 있을지도 모르지.”

“힘낼게!”

뭐, 무리겠지만 말이다, 라고 중얼거린 호스트는 내 머리를 거칠게 쓰다듬었다.

“그럼 잘 있어라, 코멧코! 거물 마법사가 되라고! 내 이름은 호스트! 사신 월버그 님을 모시는 상위 악마 호스트다!”

“내 이름은 코멧코! 집 보기를 전담하는 자이자, 홍마족 제일의 마성의 여동생! 언젠가 호스트를 사역할 예정인 자!”

나는 질질 끌고 다니던 망토를 펄럭이며 호스트를 향해 포즈를 취했다.

호스트는 껄껄 웃은 후 날개를 펼치더니 마을 밖을 향해 날아갔다.

항상 불평을 늘어놓으면서도 자주 먹을 것을 주던 내 첫 친구의 뒷모습이 보이지 않게 될 때까지, 나는 손을 계속 흔들었다.

에필로그

어둑어둑한 가게 안에서 나는 가게 주인이 권하는 대로 의자에 앉았다.

이곳은 이 마을의 점술사인 소켓토의 가게다.

모든 일의 결판이 난 후 소켓토가 나를 가게로 부른 것이다.

"……메구밍, 여러모로 고생이 많았나 보네."

소켓토가 나를 부른 이유를 몰라서 멀뚱거리고 있자 그녀는 책상 앞에서 미소 지었다.

여러모로 고생이 많았다는 것은, 내가 사신의 부하들에게 쫓긴 것을 말하는 걸까?

"……여동생에게는 제대로 된 장난감을 사주도록 해."

"윽?!"

내가 화들짝 놀라자 소켓토는 빙긋 웃었다.

"아무에게도 말 안 할 거니까 걱정하지 마. 점술사는 입이 무거워. 너를 오늘 이곳으로 부른 건 이런 이야기를 하기 위해서가 아냐."

소켓토가 수정 구슬을 향해 손을 내밀며 그렇게 말하자 나는 안도의 한숨을 내쉬었다.

"그럼 왜 저를 부른 거죠? 아, 붓코로리 때문인가요? 그 사람이 또 무슨 짓을 했나요? 저는 그 백수와 아는 사이기는 하지만, 그렇다고 저한테 불평불만을 늘어놓으면 곤란한데요."

"그런 게 아냐. 때때로 가게에 오기는 하지만 이상한 짓을 하지는 않았어.”

소켓토는 나를 향해 손짓을 했다. 가까이 와보라는 것 같았다.

“오늘은…… 네 점을 쳐줄까 해서 부른 거야.”

소켓토는 그렇게 말하면서 미소 지었다.

“점 말인가요? 뭘 점쳐줄 거죠? 저는 딱히 사랑 같은 것에는 관심이 없는데요.”

“어머, 그거 유감이네. 하지만 그런 게 아냐. 네가 장래에 뭘 하게 될지 보고 싶어서 말이야. 점술사의 감인데, 분명 너는 엄청난 일을 해낼 거라고 생각해.”

“호기심 때문에 저를 부른 건가요. 뭐, 딱히 상관은 없어요. 하지만 불행한 미래가 보였다면 말하지 말아 주세요.”

“어머, 미래는 바꿀 수 있어. 불행한 미래를 피할 수 있도록 조언을 해주는 게 내 일이야.”

소켓토는 즐거워하면서 수정 구슬에 손을 얹더니 마력을 주입하기 시작했다.

“……흠. 너는 이 마을을 떠나 액셀이라는 마을에 갈 생각이지? 아하. 너는 거기서 수많은 고난을 겪은 끝에 좋은 동료들과 만나게 될 거야. 그 사람들은 매우 우수……. 우……수……. ……응? 저, 저기, 매우 인격이 뛰어난……. 어, 어라……? 이 소년은…… 으으…….”

“왜 그러죠?! 엄청 신경 쓰이니까 말해줘요! 제 동료는 어떤 사람들이죠?! 우수하고 진지하고 상냥한 동료들이죠?!"

내가 묻자, 소켓토는 아무 말 없이 고개를 돌렸다.

"불행한 미래를 피할 수 있도록 조언을 해주는 게 일이라면서요?! 말해주세요!"

내가 소켓토의 두 어깨를 움켜잡고 흔들자, 때 갑자기 소켓토의 표정이 변했다.

"……이건……. 흐음, 메구밍에게는 역시 좋은 동료들이 생기는 것 같네."

"어느 쪽이죠?! 아, 방금 미래는 바꿀 수 있다고 했죠?! 액셀에 갈지 말지 고민되기 시작했어요……!"

내 말을 들은 소켓토는 쓴웃음을 지었다.

"이 미래가 바뀌는 건 곤란해. 그러니까 더는 아무 말도 하지 않을래."

"가르쳐 주세요! 엄청 신경 쓰인다고요!"

즐겁게 웃고 있는 소켓토에게 물었지만 그녀는 계속 웃기만 할 뿐 아무 말도 하지 않았다.

"……뭐어, 당신들은 분명 엄청난 일을 해낼 거야. 이윽고 이 마을에도 재앙이 찾아오겠지. 그 재앙에도 당신들이 관여하게 될 것 같네."

"왠지 엄청 추상적인 점이네요……. 소켓토의 점은 매우 구체적이며 잘 맞는다고 들었는데요."

내 말을 들은 소켓토는 어깨를 으쓱하면서 쓴웃음을 지었다.

"이 마을에 일어날 재앙은 나도 관련이 있는 것 같아. 점술사는 자신과 관련된 일에 대해서 점칠 수가 없어. 내가 관련되어 있을 경우에는 수정 구슬에 아무것도 비치지 않아."

소켓토는 그렇게 말하면서 수정 구슬의 표면을 가볍게 쓰다듬었다.

자신에 관한 것을 정확하게 점칠 수 있다면 미래를 자신에게 유리하게 바꿀 수 있겠지만 그러지는 못한다는 걸까.

소켓토도 관련되는 재앙…….

이번 소동도 그렇고, 이 마을에 봉인된 수많은 위험한 것들도 그렇고, 짐작 가는 데가 너무 많아서 전혀 알 수 없었다.

"마왕군이라도 쳐들어오는 걸까? 뭐, 그에 대비해 붓코로리가 이상한 조직을 만들었지만 말이야."

레드아이 데드 슬레이어라는 이름의 자경단 말인가.

…………. 응?

그러고 보니 붓코로리가 미래의 연인을 점쳐달라고 했을 때 수정 구슬에는 아무 것도 비치지 않았다.

그리고 소켓토 본인이 관련된 일을 점치면 수정 구슬에 아무 것도 비치지 않는다……?

"붓코로리도 일자리만 구하면 그렇게 나쁘지 않은 남자라고 생각하는데 말이야. 그리고 남을 쫓아다니는 점과 이상한 행동을 하는 점만 개선하면 분명 좋은 사람이 나타날 거야. ……메구밍, 왜 갑자기 히죽거리는 거야?"

"아무 것도 아니에요. 좀 어울리지 않는다는 생각이 들어서요."

내 말을 들은 소켓토는 「어울리지 않는다니?」라고 중얼거리면서 고개를 갸웃거렸다.

"뭐, 액셀 마을에서의 생활을 기대하라고만 말해둘게. ……잘 들어. 제아무리 성희롱을 당하더라도 욱하면 안 돼."

"누군가가 저를 성희롱하는 건가요?! 그 사람은 동료인가요?! 잠깐, 그런 사람을 좋은 동료라고 할 수 있나요?!"

—내가 가게에서 나오자 촘스케가 발톱을 세우면서 내 어깨에 매달렸다.

발톱 때문에 조금 아팠지만 지금은 그런 걸 신경 쓸 때가 아니다.

여행을 떠나기도 전에 불안한 소리를 듣고 말았다.

확 이대로 마을에 틀어박혀 지낼까…….

"뭐, 일단 마을을 떠날 돈을 모아보죠. 고민은 그 후에 해도 될 테니까요."

나는 되뇌듯이 그렇게 중얼거린 후 어깨에 들러붙어 있는 촘스케를 안아들었다.

만약 내 동료라는 사람들이 여러모로 유감스럽더라도 내가 서포트하면 될 테니까.

—내 목적은 두 가지다.

하나는 그 언니에게 내 폭렬마법을 보여주는 것.

그리고 또 하나는—.

이 세상에 무수히 존재하는 몬스터. 그리고 현상범과 악마들.

그런 이 세상의 강자들을 상대로 증명하는 것이다.

폭렬마법을 습득한 나야말로 최강이라는 사실을 말이다.

상대가 사신이나 마왕일지라도—.

내 품안에 있는 촘스케가 갑자기 몸을 부르르 떨었다.

나는 그런 촘스케를 다시 끌어안으면서 붉은 눈동자를 빈짝였다.

그렇다. 이 세상의 강자들에게 내 폭염을—!

STAFF

원작/ 아카츠키 나츠메

이 작품은 스니커 문고 공식 사이트에 게재된
『이 멋진』 스핀오프입니다.
이것을 읽지 않는다고 본편을 이해할 수 없는
것은 아니지만, 읽어두면 본편을
더 재밌게 즐길 수 있을 겁니다.
예를 들자면 실은 그 캐릭터가……!
……페이지가 부족하잖아?
……이 책의 제작에 참여해주신 여러분,
그리고 독자 여러분에게 감사드립니다!

일러스트/ 미시마 쿠로네

이 이야기를 읽으면서 백합의 위대함에
몇 번이나 찬사를 보냈는지 모르겠습니다.
다음에도 당신의 일상에 폭염을!

본문기사

아루에

디자인

무카데야 유우코(무시카고 그래픽스)
나카무라 나나후시(무시카고 그래픽스)

편집

카도카와 스니커 문고 편집부

CAST

메구밍
융융
코멧코
춈스케

아루에
카이카이
사키베리
도돈코
네리마키
후니후라

풋칭
붓코로리
소켓토

SPECIAL THANKS

호스트
미츠루기 쿄야
홍마의 마을 여러분

『이 멋진 세계에 폭염을! 메구밍의 턴』

—完—

■역자 후기

안녕하십니까. 근로청년 번역가 이승원입니다.

『이 멋진 세계에 폭염을!』 1권을 구매해주셔서 진심으로 감사드립니다.

집 앞에 새로 세운 가로등 불빛이 너무 강해 잠을 못잘 지경인지라 창문에 신문지를 붙였습니다. 한두 겹으로는 햇빛 차단이 되지 않아서 네 겹으로 완전 도배하듯 붙여버렸죠. 그랬더니 햇빛이 완전 차단되었습니다! 그리고 창틀에도 문풍지 신공을 펼쳤죠. 덕분에 틈새바람 걱정은 덜하게 되었습니다. 이제 신문지 위에 에어캡을 붙여볼까 하는 생각도 하고 있네요.^^

그냥 보일러 틀면 됩니다만, 춥게 사는 데 너무 익숙해져서 그런지 보일러를 켜면 갑갑하더라고요. 그래서 한겨울에도 전기장판만으로 버티는 편입니다.

……이런 변명아닌 변명을 하기는 했지만 언젠가 돈을 많이 번다면 겨울에는 스토브, 여름에는 에어컨을 빵빵하게 틀면서 살고 싶어요.ㅠㅜ

그럼 슬슬 본편에 관한 이야기를 조금 해볼까 합니다.

스포일러가 들어 있을 수도 있으니 본편을 읽지 않으신 분들은 조심해주시길!

『이 멋진 세계에 폭염을!』은 카즈마 하렘의 로리 담당(어이) 메구밍이 카즈마의 파티에 들어가기 전에 벌어졌던 일들을 그리는 스핀오프 작품입니다.

메구밍의 전부이자, 그녀에게 폭렬광 혹은 정신 나간 폭렬걸이라는 별명을 붙여준 최강의 마법, 폭렬마법. 그녀가 이 폭렬마법에 매료된 이유와 이 마법을 터득하기 위해 걸어온 길들이 이 스핀오프에 자세하게 실려 있습니다.

그리고 홍마족이 얼마나 골 때리는 종족인지도 말이죠.^^

또한 본편과 크로스 오버되는 요소들도 곳곳에 존재합니다. 특히 4권에서 카즈마가 혼욕에서 마주쳤던 미인 누님의 정체도 은연중에 드러나고 있으며, 홍마의 마을을 무대로 펼쳐지는 5권에서는 이 1권을 보신 분이라면 놀랄 만한 요소가 정말 많죠.

본편과 스핀오프, 양쪽 다 재미있게 즐겨주시면 감사하겠습니다!

그럼 이만 줄이겠습니다.

이 작품을 저에게 맡겨주신 L노벨 편집부 여러분. 언제나 재미있는 작품을 맡겨주셔서 정말 감사합니다. 다음 권에서도 잘 부탁드리겠습니다.

라면은 모든 것을 포용하는 자애로운 존재라 주장하는 악우여. 아무리 그래도 라면에 1등급 한우 등심을 넣는 건 좀 그렇지 않소이까, 흑흑.

마지막으로 언제나 제게 버팀목이 되어주시는 어머니와 『이 멋진 세계에 폭염을!』을 읽어주신 모든 분들에게 진심으로 감사드립니다.

아쿠시즈 교도와는 얽히지 않는 게 좋다는 생각이 또 들게 하는 2권 역자 후기 코너에서 다시 뵙겠습니다!

2015년 12월 말

역자 이승원 올림

이 멋진 세계에 폭염을! 1
메구밍의 턴

1판 1쇄 발행 2016년 2월 10일
1판 12쇄 발행 2022년 4월 8일

지은이_ Natsume Akatsuki
일러스트_ Kurone Mishima
옮긴이_ 이승원

발행인_ 신현호
편집장_ 김승신
편집진행_ 권세라 · 최혁수 · 김경민 · 최정민
편집디자인_ 양우연
관리 · 영업_ 김민원

펴낸곳_ (주)디앤씨미디어
등록_ 2002년 4월 25일 제20-260호
주소_ 서울시 구로구 디지털로 26길 111 JnK디지털타워 503호
전화_ 02-333-2513(대표)
팩시밀리_ 02-333-2514
이메일_ lnovellove@naver.com
L노벨 공식 카페_ http://cafe.naver.com/lnovel11

원제 KONO SUBARASHII SEKAI NI SHUKUFUKU WO! SPIN OFF
KONO SUBARASHII SEKAI NI BAKUEN WO! MEGUMIN NO TURN

ISBN 979-11-86906-42-2 04830
ISBN 979-11-86906-41-5 (세트)

값 6,800원

L NOVEL

엔젤 페스타! 1권

카가미 유 지음 | 카와카미 테츠야 일러스트 | 이경인 옮김

미나세 미나모, 아사카 카나미, 쿠도 시이카, 호시미야 마이,
나루모리 앨리스, 하야미 린코, 미츠키 유즈.
이것은 연령도 성격도 제각각인 소녀들이 모인, 아이돌 〈FEALs〉의 이야기.

학교가 아이돌 육성을 시작한 지 10년.
「쇠락한 명문 학교」 세이카다이 학원에 다니는 그녀들은
서로의 얼굴도 모르는 이름뿐인 아이돌 후보생이었다.
레슨에 나오는 건 미나세 미나모 단 한 명.

조금 특수한 해외 경력을 가진 주인공 사쿠라기 리쿠는
경비원 아르바이트에 모집했다가 미나모의 코치를 맡게 된다!
리쿠는 멤버 모집에 분주한 와중 그녀들이 스테이지에서 멀어진 이유를 알게 되는데……?

드러나지 않는 뜨거운 마음을 각자의 가슴에 새기며—.
절대적 아이돌 스토리, 당당히 개막!

라이트노벨의 새로운 빛! L노벨의 신간은 매월 10일에 발매됩니다. http://cafe.naver.com/lnovel11

NOVEL